MANHATTAN LOVE STORY

Die junge, hübsche, intelligente und allein erziehende Mutter Marisa Ventura lebt mit ihrem Sohn Ty in der New Yorker Bronx und verdient ihr Geld als Zimmermädchen in einem Luxushotel in Manhattan. Sie träumt von einem besseren Leben, will dafür aber niemals ihre Unabhängigkeit opfern. Da meint es das Schicksal gut mit ihr und lässt sie mit dem gutaussehenden Christopher Marshall zusammentreffen, dem charmanten Erben einer reichen amerikanischen Familiendynastie und designierten Senator. Durch eine Verwechslung hält er sie für eine Tochter aus wohlhabendem Hause, und sie kommt ihm so nahe, wie es ihr unter gewöhnlichen Umständen niemals möglich gewesen wäre…

Die romantische Komödie wurde unter der Regie von Wayne Wang mit Jennifer Lopez und Ralph Fiennes verfilmt.

Manhattan Love Story

Das Buch zum Film mit
Jennifer Lopez und Ralph Fiennes

Roman von James Ellison
nach der Geschichte von Edmond Dantes und
dem Drehbuch von Kevin Wade

Ins Deutsche übertragen
von Barbara Ostrop und Norbert Stöbe

BLANVALET

Amerikanischer Originaltitel: »Maid in Manhattan«

Umwelthinweis:
Alle bedruckten Materialien dieses Taschenbuches
sind chlorfrei und umweltschonend.

Deutsche Erstveröffentlichung 3/2003

Umschlaggestaltung: Design Team München
Umschlagmotiv: Columbia TriStar
Satz: Uhl + Massopust, Aalen
Druck: Elsnerdruck, Berlin
Titelnummer: 35973
Redaktion: Werner Bauer
V.B. · Herstellung: Heidrun Nawrot
Printed in Germany
ISBN 3-442-35973-2
www.blanvalet-verlag.de

1 3 5 7 9 10 8 6 4 2

I

Marisa und Marcus waren an der Highschool miteinander gegangen, und kurz nach dem Abschluss war sie schwanger geworden. Marcus war irisch-amerikanischer Abstammung, ein wohlmeinender Mensch, dem es allerdings an Beharrlichkeit fehlte. Tys Geburt war ein freudiges Ereignis für Marisa, das aber schon den schnellen Niedergang ihrer Beziehung erahnen ließ, denn Marcus interessierte sich mehr für die nächste Party als den nächsten Gehaltsscheck. Als er Marisas letzte Ersparnisse aufgebraucht hatte, gab sie ihm den Laufpass und beschloss, Ty allein großzuziehen.

Als Ty zwei Jahre alt war, zeigte sich, dass Marisa und Marcus ein begabtes Kind gezeugt hatten, vielleicht sogar ein Genie. Er sprach flüssig, konnte lesen, begann zu schreiben und malte wie ein Weltmeister. Er war wie eine kleine Maschine, die in einem fort Fragen stellte.

Das war acht Jahre her. Marcus traf sich mit seinem Sohn weiterhin an Wochenenden, hatte aber die schlechte Angewohnheit, Verabredungen im letzten Moment abzusagen.

An einem Freitagvormittag im Frühherbst lief zwischen Marisa und Ty gerade mal wieder die übliche Morgenroutine ab, die darin bestand, ihn mühselig auf Schritt und Tritt anzutreiben, damit er nicht zu spät zur Schule kam. Ty war kein Frühaufsteher und neigte morgens zum Schneckentempo. Ein Paar Kopfhörer auf den Ohren, schnürte er sich gemächlich die

Turnschuhe, während Marisa seinen Matchsack mit Anziehsachen, Büchern und CDs voll packte. Nach der Schule wollte er mit seinem Vater übers Wochenende zum Zelten fahren.

»Möchtest du wirklich kein Frühstück, Schatz?«, fragte sie.

Er hörte sie nicht. Sie nahm ihm den Kopfhörer von den Ohren und wiederholte die Frage.

»Hab keinen Hunger.«

»Das Frühstück sollte die wichtigste Mahlzeit des Tages sein«, erklärte sie ihm nicht zum ersten Mal. »Du weißt schon, die gesündeste Mahlzeit.«

»Tut mir Leid, Ma, aber mir bringt das nichts.«

Sie hielt vier dicke Bücher hoch. »Willst du die wirklich alle mitnehmen?«

»Hm?« Er konzentrierte sich gerade auf die widerspenstigen Schnürsenkel seines linken Schuhs, die sich partout nicht zur Doppelschleife binden lassen wollten. Manuelle Geschicklichkeit war nicht gerade Tys Stärke; er zog die weiten Räume seines Geistes vor.

»Ich hab dich gefragt, ob ich die wirklich alle für dich einpacken soll?«

Er blickte auf und nahm ihr ein Buch aus der Hand. »Das hier ist wirklich gut, Ma. Lebendige Geschichte. Da kapiert man, wie Politik funktioniert.«

Sie nahm ihm das Buch wieder ab und las kopfschüttelnd den Titel: »*Machtmissbrauch: Die neuen Nixon-Tapes.* Hör mal, Ty. Du gehst mit deinem Dad zelten und nicht zu irgendeiner Expertenrunde.«

Er stand von der Bettkante auf, nahm sich einen unordentlichen Haufen aus Papier, Kassetten, CDs und allem möglichen Müll vor, den er sammelte und dessen Entsorgung er standhaft verweigerte, und wühlte darin herum, bis er schließlich einen seiner Lieblings-Gameboys hervorzog.

»Hier«, sagte er. »Der kommt auch mit.« Wieder konzentrierte er sich auf seinen linken Turnschuh. Schließlich zwang er die Schnürsenkel in eine halbwegs haltbare Schleife und schaute mit einem Lächeln zu seiner Mutter auf: »Wusstest du schon, dass Paul Simon seinen Song ›American Tune‹ als Reaktion auf Nixons Wahl zum Präsidenten geschrieben hat?«

»Nein, das wusste ich nicht.« Sie betrachtete ihren Sohn mit einem liebevollen Lächeln und fragte dann: »Nimmst du das Ratespiel mit?«

»Auf gar keinen Fall. Das bringt Dad auf die Palme.«

»Okay.«

»Er war stinksauer. In der Definition des Amerikaners waren nicht alle drin, die in dieses Land hier eingewandert sind.«

»Dein Vater ist oft sauer.«

»Ich weiß. Er nimmt sich alles sehr zu Herzen. Aber ich meinte Paul, nicht Dad. Paul hat für *uns* gesungen, weißt du. Für dich, für mich, für Abuela, für ihre Eltern und deren Eltern, unsere Vorfahren… Für die Armen, die Entrechteten. Für alle.«

»Na, dann müssen wir Mr. Simon wohl dankbar sein«, antwortete Marisa trocken. »Komm schon, Ty. Der Schuh ist gebunden. Lass ihn jetzt in Ruhe, sonst kommen wir noch zu spät.«

Als sie schließlich die Wohnung verließen, ging Marisa drei Schritte vor ihrem Sohn her, in der Hoffnung, ihn damit zur Eile anzutreiben. Es waren zwei Blocks bis zu der Ecke, wo sie immer den Bus nahmen. Tys Kopfhörer saß wieder einmal auf den Ohren, und unter dem Gewicht seines Rucksacks ging er krumm wie ein alter Mann. Marisa trug seinen Matchsack.

»Möchtest du mir mal deine Rede vortragen?«

Er hatte sie nicht gehört.

»Ty!«, rief sie. »Hal-loo?« Sie nahm ihm den Kopfhörer ab,

und die Musik verebbte in der Herbstluft. »So, vielleicht kannst du mich ja jetzt hören. Stell das Ding doch mal ab.«

»Das sind Simon and Garfunkel.«

»Tut mir Leid. Das wusste ich nicht.«

»Die kann man nicht einfach abstellen, nicht mitten im Song«, tadelte er sie zerstreut. »Das ist eine Beleidigung. Die haben etwas Besseres verdient.«

»Verstehe.«

Sie lenkte ihn zur Wartelinie an der Bushaltestelle. »Achtung – tritt nicht in die Pfütze da.«

Ty schwebte oft ein wenig über den Dingen, und es erfüllte sie noch immer mit Angst und Schrecken, wenn er allein eine dicht befahrene Straße überquerte.

»Warum haben sie sich getrennt?«

»Wer?«

»Simon and Garfunkel?«

»Da hast du mich kalt erwischt. Keine Ahnung. Du kannst in der Schule mal bei Google nachsehen.«

Während sie auf den Bus warteten, betrachtete sie ihren Sohn. Manchmal konnte sie kaum glauben, dass Marcus und sie selbst dieses eigenartige und wunderbare Kind hervorgebracht hatten. So hoch intelligent und dabei so sanft. Ein hoffnungsloser Tollpatsch, gefährlich geistesabwesend, liebenswert und absolut ehrlich. »Alles hat seine eigene Zeit, Ty«, sagte sie. »Und dann ist es vorbei. So ist es mit allem, verstehst du?«

Ty nickte und warf ihr einen nachdenklichen Eichhörnchenblick zu. »Du meinst, so wie bei dir und Dad? Vermutlich gab es bei euch auch eine Zeit, wo ihr gut klargekommen seid?«

Sie lächelte ihn an und fragte sich, ob sie dieses merkwürdige Kind, dessen Gedanken rasten wie ein frisierter Motor, wohl jemals richtig verstehen würde.

»Ja«, antwortete sie. »Natürlich hat es einmal so eine Zeit gegeben…«

Als der Bus in der Ferne auftauchte, sagte Ty: »Ma – wichtige Frage.«

»Hmmm?«

»Überleg einen Moment, bevor du antwortest, okay?«

»Okay. *Was denn?*«

»Ich hab mich nur gefragt, was wohl passieren würde, wenn ich die Rede heute nicht halte.«

Der Bus fuhr, eine dunkle Auspuffwolke ausstoßend, vor. Ty bestieg ihn als Erster und zeigte dem Fahrer seine Schülerfreikarte; Marisa zog ihre Karte durch den Leseschlitz.

»Alles verbraucht, Lady«, sagte der Fahrer.

Sie sah ihn stirnrunzelnd an. »Entschuldigen Sie?«

»Er meint deine Fahrkarte, Ma.«

»Oh.« Sie kramte in ihrer Handtasche nach Kleingeld.

»Mist«, murmelte sie. »Ich wusste doch, dass keine Fahrten mehr drauf sind. Ty – hast du Kleingeld?«

Er wühlte seine Taschen durch, während sie Münzen aus den Tiefen ihrer Handtasche herausbeförderte und sie in die Geldschale warf. »Eins fünfunddreißig, eins vierzig, eins fünfundvierzig…« Ty fischte ein Schweizer Messer aus seiner Tasche, aber keine Münzen.

Hinter ihnen bildete sich bereits eine Schlange, und der Busfahrer, der starr durch die Windschutzscheibe nach draußen sah, pfiff ungeduldig. Marisa kramte weiter und fand schließlich ein Fünfcentstück. »Okay, eins fünfzig. Tut mir Leid, Sir. Los komm, Ty, geh durch.«

Vorne war der Bus voll, und als sie sich hinten auf eine Bank gesetzt hatten, sagte Ty: »Wegen des Vortrags…«

»Ja, wie du schon sagtest. Was *ist* mit dem Vortrag?«

»Jetzt werd bitte nicht böse.«

»Ich glaube, ich bin schon böse.«

»Würde ich Ärger kriegen, wenn ich beschließen würde, ihn nicht zu halten?«

»Du würdest Ärger mit mir und deinem Vater kriegen.«

»Ich hab kein gutes Gefühl, Ma. Es ist irgendwie nicht in Ordnung. Jedesmal wenn ich dran denke, dass ich mich da oben hinstellen und eine Rede halten soll, fühle ich mich hundsmiserabel.«

Sie pochte ihm mit dem Fingerknöchel gegen die Stirn. »Was geht da drinnen eigentlich vor? Den ganzen Sommer über hast du an dem Vortrag gearbeitet. *Den ganzen Sommer,* Ty. Ich bin so gespannt darauf – und glaub mir, ich werde ihn hören.«

Ty sank in seinen Sitz. »Er ist langweilig, er ist trocken, er ist tot. Ich finde ihn grässlich, und in der Schule werde ich nur noch blöder dastehen. Falls das überhaupt möglich ist.«

»Also, für mich ist der Vortrag nicht langweilig, und auch nicht für Abuela und deinen Dad. Vielleicht irrst du dich ja einfach.«

»Ich dachte, Dad treffen wir erst hinterher.«

»Kommt nicht in Frage«, antwortete sie mit einer gewissen Schärfe. »Er kommt. Er wird da sein. Und dann fahrt ihr zelten. Darum schleppe ich diesen Matchsack hier mit mir rum und hebe mir fast einen Bruch.«

»Können Frauen einen Leistenbruch kriegen?«

»Keine Ahnung, aber ich denke schon.« Sie sah ihren Sohn an und wischte ihm zerstreut einen Fussel von der Jacke. »Was ist los, Schatz?«

»Du weißt genau, dass Dad zu spät kommen wird«, antwortete er ruhig. »Falls er überhaupt kommt. Jeder wird sehen, dass er zu spät kommt. Da wäre es besser, er würde überhaupt nicht kommen.«

»Er weiß, wann es losgeht, Ty. Keine Sorge. Das würde er um nichts in der Welt versäumen wollen.«

Ty nickte. Er schaute noch immer sorgenvoll drein, als er den Kopfhörer wieder aufsetzte. Sie betrachtete ihn einen Moment lang, streckte dann die Hand aus und nahm ihm den Hörer von den Ohren. »Hey – schau mal eben her.«

»Was ist denn?«

»Du hast was im Gesicht.«

Sie beugte sich näher, um es wegzuwischen, küsste ihn dann aber stattdessen. Lachend sagte sie: »Du bist ein intelligentes Kind, Ty, so intelligent, wie es nur geht. Aber darauf fällst du doch immer wieder rein.«

»Sieht so aus.« Er schlängelte sich von ihr weg und fügte hinzu: »Ich wünschte, du würdest das sein lassen, Ma. Das ist peinlich. Ich werde allmählich zu alt für solche Rührszenen.«

»Das will ich doch nicht hoffen«, antwortete sie.

Tys Schule war ein scheußlicher alter Backsteinhaufen, vor dreißig Jahren zum Abriss bestimmt, dann aber aus nicht nachvollziehbaren Gründen doch wieder für den Vandalismus weiterer Schülergenerationen freigegeben worden. Ty hatte bereits eine Klasse übersprungen und war der Jüngste und einer der Kleinsten in seiner Klasse. Er hatte die Spitznamen The Brain und Die Gehirnbestie, und unter seinesgleichen waren das Schimpfwörter auf dem Niveau von Schwuchtel oder Spinddieb. Marisa hätte ihn am liebsten beschützt; in diesem schulischen Bronx-Dschungel war er für jeden das gefundene Opfer.

»Mein Gott«, sagte sie und sah auf ein hoch gewachsenes Mädchen in engen gelben Hosen und einer Bluse, die den Nabel und viele Fingerbreit Bauch sehen ließ. Das Mädchen war dreizehn, aber so zurechtgemacht, dass es älter aussah. »Ist das Tiana Zatkowsky? Wow, die ist aber in die Höhe geschossen.«

Ty schaute sich mit seinem kurzsichtigen Blinzeln um. Seine Mutter stupste ihn an. »Da drüben geht sie. Gibst du ihr dieses Jahr wieder Nachhilfe?«

Sie holten Tiana ein, und sie schenkte Ty ein reizendes Lächeln. »Hey, kleiner Mann. Wie geht's?«

»Wie geht's selber?«, gab er so cool wie nur möglich zurück.

»Kommste mit zur Aula?«

»Klar, okay.« Er machte ein paar Schritte, wobei er ganz beiläufig seine Mutter völlig übersah, drehte sich aber im letzten Moment um und sagte: »Der Vortrag – er fängt an um…«

»Ich weiß schon, ich weiß«, unterbrach sie ihn lächelnd. »Komm mal her, Ty. Du hast was im Gesicht.«

Er flüchtete rückwärts und hob abwehrend die Hand. »O nein. Nicht zweimal am Tag. *So* blöd bin ich auch wieder nicht.«

»Okay, Schatz. Amüsier dich gut. Ich hab dich lieb.«

»Ich dich auch«, antwortete er flüsternd. Sie sah ihm nach, wie er mit Tiana davonging, während eine schwarze Limousine am Straßenrand hielt. Der Abgeordnete Christopher Marshall stieg aus dem Auto, gefolgt von seinem Image-Berater Jerry Siegel. Die beiden ins Gespräch vertieften Männer waren das Inbild eines Gegensatzpaares. War Marshall hoch gewachsen, schlank und hellhäutig, das perfekte Beispiel eines blütenweißen Amerikaners, hatte Siegel eine gedrungene Gestalt, war dunkelhäutig und praktisch kahl. Sprach Marshall langsam und mit einem tadellos gebildeten Oststaatenakzent, hatte Siegel beim Sprechen Tempo und Nachdruck eines Maschinengewehrs, als wäre er ständig mit Koffein gedopt. Beide Männer waren Mitte dreißig; sie bildeten ein erfolgreiches Team, in dem Marshall die Öffentlichkeit umgarnte, während Siegel ihm so treu ergeben war wie ein Schoßhund seinem Herrn und dabei ständig im Hintergrund lavierte, um an Vorteilen abzustauben, was abzustauben war. Insgeheim hoffte er, dass Chris Marshall eines Tages, vielleicht in fünfzehn oder zwanzig Jahren, zum Präsidenten der Vereinigten Staaten gewählt werden würde. Dann wäre Siegel die graue Eminenz, das menschliche Schließfach für alle Geheimnisse, Deals, Lügen und gebrochenen Versprechen, die auf dem Weg nach ganz oben unvermeidlich sind.

Marisa Ventura und Christopher Marshall gingen aneinander vorbei, jeder von beiden mit seinem eigenen Leben und seinen eignen Terminen beschäftigt. Marisa fand ihn bei einem Seitenblick ausgesprochen attraktiv. Aber er ist Politiker, dachte sie. Damit war der Gedanke, dass er ein Mann von wirklichem Wert sein könnte, sofort gestrichen. Von der Highschool an hatte Marcus sie darauf konditioniert, alle Politiker unabhängig von ihrer Partei und ihrem erklärten Programm als Schwindler und Verräter zu betrachten, die seiner Meinung nach einzig an ihrem eigenen Aufstieg interessiert waren.

Marshall unterbrach gerade Siegel mitten im Satz: »Nein, nein. Bausch die Sache nicht zu sehr auf, Jerry. Solange ich nichts anderes sage, will ich mich einfach bloß sachkundig machen. Mach keinen Wahlkampfauftritt draus.«

Als sie sich dem Eingang der Schule näherten, drehten Kinder sich um und starrten ihnen nach. Spannung lag in der Luft. Diese Bronx-Mittelschulkinder waren nicht daran gewöhnt, gut gekleidete Herren wie Christopher Marshall als Besucher ihrer Schule zu sehen. Auch Ty und Tiana beobachteten die beiden langsam gehenden, auch weiterhin ins Gespräch vertieften Männer.

»Alles ist Wahlkampf, mein Freund«, beharrte Siegel. »Das weißt du genau. Denkst du etwa, die Leute scheren sich auch nur einen Dreck um offizielle Erklärungen? Dein ganzes Leben ist ein einziger Wahlkampf.«

»Genug«, erklärte Marshall. »Das reicht jetzt.«

Tiana flüsterte Ty zu: »Was für ein geiler Macker.«

»Der ist Abgeordneter«, antwortete Ty. »Er steht in seinem Wahlkreis sehr gut da.« Er hob herausfordernd den Kopf und starrte die beiden Männer an. »Der will wohl in unserem Slumviertel einen auf populär machen.«

»Hast du jemals so blaue Augen gesehen?«, fragte Tiana. »Blau wie der Himmel.«

»Es sind Wolken am Himmel«, bemerkte Ty.

»Ach, du weißt schon, was ich meine, du Heini.«

Siegel beugte sich dichter an Marshall heran und sagte: »Die Leute wissen, dass du dich für den Sitz deines alten Herrn aufstellen lässt, und das geht ihnen runter wie Honig. Es ist wie ein Märchen.« Siegels Kopf ruckte in einer hastigen Kreisbewegung herum. »Hey, schau dir das mal an!«

Eine Horde Fotografen und Reporter stand vor dem Schuleingang, bereit, sich auf Marshall zu stürzen.

»Verstehst du jetzt, was ich meine?«, redete Siegel hastig weiter. »Ein bisschen Presse für die Schule und richtig saftige Presse für den zukünftigen Senator des großen Staates New York.«

Mikrofone und Kameras wurden Marshall ins Gesicht geschoben. Er zwang sich zu einem Lächeln. Der Direktor der Schule kam aus der Tür gestürmt, die Krawatte im freien Flug über der Schulter, und umklammerte Marshalls Hand.

»Mr. Marshall«, keuchte er atemlos. »Carlos Valesquez, der Schuldirektor. Darf ich Ihnen mein zutiefst empfundenes Beileid für den Tod Ihres Vaters ausdrücken? Im Namen unserer Mittelschule versichere ich Sie unseres von Herzen kommenden Mitgefühls.«

»Vielen Dank, Mr. Valesquez.«

Jerry Siegel schob sich dicht an Valesquez heran und sagte: »Hey, Schuldirektor, wie wär's mit einem Foto? Sie und der Abgeordnete beim Händeschütteln. Ja – schön lächeln. Wunderbar!«

Die Kameras klickten, und in der Ferne stand Ty, als würde er all das registrieren, doch seine Gedanken waren anderswo.

»Ich hoffe nur, dass Dad rechtzeitig kommt«, flüsterte er leise. »Mach mir bloß nicht alles kaputt, okay?«

2

An diesem Morgen prangten auf beiden führenden Boulevardzeitungen jeweils als Titelgeschichte Fotos des Abgeordneten Christopher Marshall, die ihn an einer Straßenecke in Manhattan im Streit mit einer schönen Blondine zeigten. Die Schlagzeile in der einen Boulevardzeitung lautete:

CHRIS MARSHALL BLÄST IHR DEN MARSCH,

und darunter: *Sohn des verstorbenen Senators Grant Marshall löst Verlöbnis mit Supermodel!*

Viele Fahrgäste in Marisas U-Bahn zur City hatten die Nase tief in Marshalls sensationelle Entscheidung gesteckt, doch Marisa, die sich stehend mit einer Hand an einer Halteschlaufe festhielt, hatte die eigene Nase im *Drama des begabten Kindes.* Marcus war der Meinung, Zeitungen und die meisten anderen Medien vereinfachten die Dinge entweder zu stark oder glorifizierten sich nur selbst, oder sie seien ein Werkzeug der Machteliten, und manchmal unterstellte er ihnen auch alle drei Fehler auf einmal. Marisa wusste zwar, dass er übertrieb, wie das so seine Art war, doch sie las lieber Bücher statt Zeitschriften oder Zeitungen. Bücher hatten für sie bleibenden Wert, anders als die Zeitungen, die einem immer dieselben alten Bagatellen und endlosen Fortsetzungsstorys als tägliche Ergänzung zu Kaffee und Blätterteigteilchen auftischten. Außerdem hatte sie inzwischen einen wichtigen Grund, an ihrer eigenen Bildung zu arbeiten. Wie sonst hätte sie mit Ty Schritt halten können?

Ihre Haltestelle war die Fünfzigste Straße. Gewandt schlängelte sie sich durch die Menge und eilte die Treppe hinauf. Auf dem Weg zwei Blocks nach Süden und einen Block nach Westen bis zum Beresford Hotel tippte sie eine Nummer in ihr Handy. »Marcus – ich bin's. Jetzt hör mal. Tys Rede beginnt um vier, und *du darfst einfach nicht zu spät kommen.* Das meine ich ernst. Bye.«

Beim Betreten des mit dickem Teppichboden ausgestatteten Eingangs zum Beresford erblickte sie Cora, eine schick gekleidete Verkäuferin, die in einem edlen Schmuckladen in der Hotellobby arbeitete.

»Wie geht's, Cora?«, fragte Marisa lächelnd. »Was machen meine Diamanten?«

»Hab ich beiseite gelegt, zusammen mit deinen Rubinen und Smaragden.«

»Dieser Tage hol ich sie ab.«

»Da leg ich die Hand für ins Feuer.«

»Besser nicht, Mädel. Ist vielleicht nicht gut für die Gesundheit.«

Marisa ging weiter, an einer Theke mit Telefondamen vorbei. Irene, eine der Damen, zwinkerte Marisa zu, während sie mit ihrer geübten, arroganten Stimme ins Telefon sprach: »Beresford. Einen Moment bitte…«

»Lass sie immer erst mal warten«, meinte Marisa grinsend. »Das klingt dann, als hätten wir massig zu tun.«

Sie bog um die Ecke, nahm den Personaleingang und eilte zum Tisch des Beresford-Wachdienstes. Keef Townsend, ein älterer Afro-Amerikaner, saß vor seiner Monitorreihe, als Marisa sich ihre Stempelkarte von der Wand nahm.

»Guten Morgen, Marisa«, sagte Keef und schaute lächelnd zu ihr auf. Seine Stimme war tief und freundlich.

»Wie geht's, Keef?« Sie zog ihre Karte durch den Schlitz. »Auf die Minute genau.«

»Biste doch immer. Hab noch nie erlebt, dass du zu spät gekommen wärst.«

»Ja, klar. Ich bin perfekt, Keef, stimmt's?«

»Klar wie 'ne Nebelbank«, antwortete er. »Übrigens, wo wir grad vom Wetter reden: Wie sieht's heute aus?«

Diese Frage stellte er ihr täglich, und ihr hätte etwas gefehlt, hätte sie den Morgen ohne sie beginnen müssen. »Bisschen Sonne, paar Wolken«, berichtete sie. »Genau richtig.«

»Ah, hört sich gut an.«

Sie warf einen Blick auf die Monitore. »Irgendwas Gutes los? Was Spannendes, was mich heute Morgen in Schwung bringt?«

Er drückte eine Taste und zeigte auf einen Bildschirm, und da sah sie, in körnigem Schwarz-Weiß, einen untersetzten Mann mittleren Alters, der aufgeregt gegen eine Zimmertür hämmerte. Er war vollkommen nackt, und sein hängender Hintern schwabbelte, als er sich gegen die Tür stemmte und mit den Fäusten darauf einschlug. Mit der anderen Hand bedeckte er sein Geschlecht mit einer Zeitung.

»Er hat die Tür aufgemacht, um die *Times* davor aufzuheben«, erzählte Keef mit seinem melodischen North-Carolina-Akzent. »Seine Frau, die hat ihm einfach einen Schubs gegeben, und draußen war er.«

Marisa schüttelte zurückzuckend den Kopf. »Verdammt – diesen hässlichen alten Arsch gleich am Morgen – den würd ich auch rausschmeißen. Oh, warte mal, Moment – den Typ kenn ich doch – ja, einer von meinen. Der Laktose-Allergiker.«

»Ich mag's, wie du den Leuten Spitznamen gibst, Marisa. Die Lockenwicklerdame. Der Mr. Aus-Versehen-absichtlich-Exhibitionist. Wie du mich wohl hinter meinem Rücken nennst?«

»Clark Gable«, antwortete sie, nahm gleichzeitig das Haustelefon zur Hand und wählte. »Wir brauchen einen Morgenmantel in der Charles Suite, schnellstmöglich.« Sie wandte sich grinsend zu Keef zurück.

»Das war ein Scherz. In Wirklichkeit nenne ich dich Gott. Weil du alles siehst und trotzdem lächelst.«

Keef nickte erfreut. »Da leb ich cool mit. Aber wirklich.«

»Bis bald dann, Gott.«

»Bis bald, Marisa.«

Sie ging durch ein langes Treppenhaus, unter leckenden Heizungsrohren hindurch und vorbei an müllbeladenen Containern und einem Handwerkerteam, das Reparaturen durchführte. Es roch dumpf und schwer. Der Bauch des Ungeheuers, dachte sie. In den Suiten über mir wohnen Leute in unvorstellbarem Luxus, hier unten aber ist die wirkliche Welt – wahrscheinlich die einzige Welt, die ich jemals kennen lernen werde. »Aber wen zum Teufel schert das?«, sagte sie plötzlich laut. »Du bist jung und schön, Marisa. Vergiss das bloß nicht.«

Sie trat in die Küche für den Zimmerservice, wo die Pointer Sisters gerade aus irgendeinem Radio ›Yes I Can‹ schmetterten, vermischt mit dem Geklirre und Gekrache, mit dem die Zimmerkellner die Frühstückswagen beluden. Marisa bewunderte das organisierte Chaos. Irgendwie wurde die Arbeit schließlich immer getan, und zwar gut.

Ein junger Kellner winkte ihr zu, ein weiß blitzendes Lächeln im Gesicht. »Hi, Marisa.«

»Wie geht's, Steve?«

Die Köchin, Miss Victor, bellte Befehle wie ein Marine-Sergeant. »Leute, bringt nichts durcheinander. Keine Fehler, bitte. Sorgen wir alle dafür, dass das heute ein friedlicher Morgen wird.«

Aus der Küche trat Marisa in den Raum der Näherin, ein Kabuff im Kellergeschoss, das wie direkt aus dem Fels gehauen wirkte und mit ordentlichen Stößen von Flickwäsche gefüllt war. Lily Kim, eine einfache, hübsche Koreanerin Mitte zwanzig, mit kurz geschnittenem Haar und dickem, hippem Lidschatten, saß über eine Nähmaschine gebeugt da.

»Wie geht's, Lily?«

Ohne aufzuschauen antwortete sie: »Sie hängt hinter der Tür.«

Marisa nahm eine geänderte Jeans von einem Kleiderbügel. »Danke, Lily. Was schulde ich dir?«

Die junge Frau hielt die Maschine an und warf Marisa ein verschmitztes Lächeln zu. »Ich hab gehört, das Beresford soll so neue, hübsche Pantoffeln für seine Gäste haben.«

Marisa nickte. »Ein Paar gehört dir.«

»Und das Kiehls-Shampoo geht mir aus.«

»Kein Problem. Sonst noch was?«

Lily zuckte mit den Schultern. »Was du so losmachen kannst. Ich kann immer Zeugs gebrauchen.«

»Bring deine Handtasche mit zum Mittagessen. Leer.«

»Meine ganz große Handtasche?«

»Je größer, desto besser«, antwortete Marisa lachend. »Bis später.«

»Bis später, Mädel.«

Marisa schlüpfte hinaus und ging zur Kittel-Ausgabe. Im Hintergrund lief ein Fernseher, und sie hörte, wie Diane Sawyer ein Interview führte. Dann erblickte sie Clarice LaPointe, eine dralle Schwarze mit schlagfertigem Witz. »Wie geht's, Clarice?«

»Immer dasselbe.«

Marisa zeigte auf den Fernseher. »Muss klasse sein, im Bett zu frühstücken und die Vormittags-Shows zu gucken. Werde ich auch mal ausprobieren.«

»Klar. Im Traum.«

Sie standen in einer Schlange mit den anderen Zimmermädchen, die ihre Kittel abholten. In der Nähe hielt Paula Burns, die oberste Hauswirtschafterin, drei neuen Zimmermädchen einen Vortrag.

»Vergesst nie, Mädels, ein Beresford-Zimmermädchen ist eifrig. Ein Beresford-Zimmermädchen ist gründlich.«

»Ein Beresford-Zimmermädchen klaut, was nicht niet- und nagelfest ist«, flüsterte Clarice Marisa zu.

»Ein Beresford-Zimmermädchen dient mit einem Lächeln«, fuhr Paula Burns fort. »Die wichtigste Eigenschaft aber, um die ihr euch in eurer Laufbahn als Beresford-Zimmermädchen immer bemühen müsst, ist« – sie legte eine Kunstpause ein – »Unsichtbarkeit.« Ein paar der anderen, am eindrucksvollsten aber Clarice, sprachen das letzte Wort lautlos mit.

Paula Burns zeigte auf das an der Wand hängende Foto der Angestellten des Monats. Die hatte ein strahlendes Lächeln aufgesetzt, und die weit geöffneten Augen schrien geradezu: »Ich bin lieb und unschuldig.« Darunter prangte die Aufforderung: *Strebt nach Diensteifer, strebt nach Unsichtbarkeit.*

Clarice beugte sich dicht zu Marisa hin und flüsterte: »Vielleicht verschwinden wir alle eines Tages einfach ganz.«

Marisa unterdrückte ein Lachen, als sie ihren Kittel entgegennahm und damit in die Umkleide ging. Ihre beste Freundin im Beresford, Stephanie Kehoe, saß schon bei Marisas Nachbarspind und zog sich um. Stephanie mit dem dunklen Haar und den scharfen Gesichtszügen war ein paar Jahre älter als Marisa; sie sprach mit einem Canarsie-Akzent, hatte ein ewiges Beziehungsproblem und besaß unter ihrer rauen Schale ein Herz aus Gold. Von allen Freundinnen seiner Mutter hatte Ty sie am liebsten. Er nannte sie ›Tante‹.

»Wie geht's, Mädels«, meinte Marisa, während sie sich eilig auszog.

»Weißt du, was ich gerade gehört hab? Ab dem Ersten ist Christina Geschichte.«

»Christina Küche oder Christina stellvertretende Geschäftsführerin?«

»Stellvertretende Geschäftsführerin«, antwortete Stephanie. »Und du weißt, was das bedeutet.«

»Veränderungen.«

»Ja – Veränderungen *und* Chancen.«

»Das heißt, dass mir jemand anders im ersten Stock in den Hintern tritt, mehr heißt's nicht.«

Clarice ließ sich mit ihrem Kittel hinplumpsen, und Stephanie fragte: »Na, wie hängen se, Babe?«

Clarice lachte los, und ihr ganzer Körper lachte wackelnd mit. »Höher als deine, Mädel. So hängen se wohl.«

Barbara Norris, eine schlanke Frau mit Falten im müden Gesicht und mit blonden Strähnchen im Haar, gab Stephanie einen Klaps auf den Arm.

»Hey, Barb, schon gehört? Christina gehört der Vergangenheit an.«

»Gott sei Dank. 'ne Hexe auf Rädern.«

»Wir kriegen 'ne neue stellvertretende Geschäftsführerin.«

»Nach dem Arschgesicht kann's nur besser werden.«

»Steht das noch, unsere Happy Hour?«

»Aber klar doch, Steph. Wir machen die Nacht durch.«

Stephanie wandte sich wieder Marisa zu, die gerade ihre weißen Schuhe schnürte.

»Und?«

»Und was?« Marisa schaute auf. »Was soll das ›Und‹, Steph? Was willst du mir sagen?«

Stephanie trat vor Marisa hin und schmetterte ihren Spind zu.

»Sei doch nicht so begriffsstutzig. Muss ich den Verstand vielleicht in dich reinprügeln? Kapierst du das denn nicht?«

»*Was* kapier ich nicht?«

»Hier tut sich was auf. Es gibt ’ne Möglichkeit, das will ich sagen. Du könntest diejenige sein, welche, Maris.«

Marisa antwortete nicht. Sie machte ihren Spind wieder auf und stopfte ihre Kleider hinein.

»Schnallst du’s denn nicht?«, fuhr Stephanie fort. »Keiner weiß besser als du, wie der Laden hier läuft. Du bist gescheit, du arbeitest hart, die Leute mögen dich und die Gäste auch. Du bist die perfekte Kandidatin.«

»Mein Gott, Steph, jetzt gib aber mal Ruhe. Die stellen doch kein Zimmermädchen als Geschäftsführerin ein. Nie und nimmer.«

»Stellvertretende Geschäftsführerin. Warum denn nicht? Jeder Tag ist ein neuer Tag.«

»Sagt wer?«

»Sag ich. Alles is möglich. Nimm zum Beispiel mal mich. Seit gestern Nacht hab ich meinen Kreislauf völlig entgiftet.«

»Du hast mit Rauchen aufgehört? Dass du das Saufen nicht drangibst, das weiß ich doch, du Alki.«

»Ich hab mit Bobby Schluss gemacht.«

Marisa schlug ihre Spindtür krachend zu und ging zur Spiegelreihe hinüber. Das Beresford hatte nicht an Spiegeln gespart; man wollte die Zimmermädchen dazu anhalten, stets auf ihr Äußeres zu achten.

»So, so«, meinte Marisa. »Natürlich. Das hab ich doch irgendwo schon mal gehört.«

»Du denkst, ich mach Spaß?«

»Also, wieso sollte ich denn so was denken?«

»Erspar mir deinen Sarkasmus.«

»Heute ist Freitag, oder?«

»Und?«

»Und Folgendes: Mit Bobby machst du nur jeden zweiten Dienstag im Monat Schluss. Das ist einfach so bei dir.«

»Nich unbedingt, Klugscheißer.«

»Und garantiert nie an ’nem Wochenende.«

»Stimmt nicht. Barb und ich gehn heute Abend einen trinken.«

»Jetzt mach aber mal halblang. Das ist einfach peinlich, Steph. Ich meine, es ist traurig. Du trennst dich von dem Kerl, und am nächsten Tag biste wieder zurück. Und wie lange geht das jetzt schon so? Elf Jahre? Zwölf?«

Sie redeten beide mit dem Spiegelbild der anderen, während sie frisches Make-up auflegten.

»Dreizehn, nächsten Monat«, antwortete Stephanie mit einem Hauch von Trauer. »Und genau das is mein Punkt. Ich sag ihm also: ›Weißte, Bobby, nächsten Oktober wächst unsre Beziehung aus den Kinderschuhen raus.‹«

»Süß.«

»Ja, und er sagt: ›Okay – na und?‹ So, als ob er’s einfach nich kapiert. Und da sag ich: ›Na und heißt: Seit dreizehn Jahren kriegste die Milch umsonst. Jetzt wird’s allmählich mal Zeit, dass du die Kuh kaufst.‹«

»Das haste gesagt? Jesus, Steph, du hast dich mit ’ner *Kuh* verglichen?«

»Ich fand, das trifft die Sache.«

»Und, was hat er gesagt?«

»Er hat einfach gelacht, als wär’s ’n toller Witz. Ha-ha-ha. Große, hohle Lache. Aber mal ehrlich, ich glaub, der dumme Klotz hat ’n Riesenschiss.«

»Er ist halt ’n Mann. Zumindest dem ›dumm‹ stimm ich zu.«

Stephanie schüttelte seufzend den Kopf. »Ich weiß nich, Maris – irgendwas is einfach in mir drin gerissen. Ratz-fatz, einfach so. Wer braucht das, wozu das? Also hab ich mich einfach umgedreht und bin richtig langsam gegangen, damit er meinen Arsch nich vergisst, bye, bye.« Sie demonstrierte es der Freundin mit einem rasselnden Fingerschnippen am Hinterteil, klappernd wie Kastagnetten.

»Ach, geh! Das hast du gemacht?«

»Allerdings, und es kommt noch besser. Ich und mein Klassearsch, wir sind durch die Straße gebummelt, und dann zum Nick's. Du kennst doch das Nick's?«

»Klar. Die Feuerwehr feiert da Schichtwechsel, stimmt's?«

»Das is wie 'n Bonbonladen für 'n Mädel, das gern nascht, verstehste, was ich mein?«

»Ich hoffe, das stimmt. Ich bring dich um, Mädel, wenn das nur Gelaber is.«

»Ich schwör bei Gott, eher will ich sterben. Ich hock mich hin, bestell mir 'nen Jack and Ginger und sag zu diesem Klotz von Schnauzbart neben mir: ›Du bist einer von New Yorks tapfersten Jungs. Ich muss mir dreizehn Jahre Treusein aus den Adern spülen. Biste tapfer genug, um der Erste zu sein, der ihn drin hat?‹«

»Verdammt, *gottverdammt*!«, rief Marisa. Sie und Stephanie klatschten ab. »'n weiter Weg, Mädel. Also, klingt das nicht gut?«

3

Der lange Beresford-Tag unsichtbarer Dienstbarkeit würde nun gleich losgehen. Marisa, Barbara, Stephanie und Clarice versammelten sich mit dreißig weiteren Zimmermädchen, Butlern, Hotelpagen und Hausdienern zur morgendlichen Besprechung mit John Bextrum, dem Manager des Hotels. Die Kastenunterschiede zwischen den verschiedenen Angestelltenrängen waren dem kundigen Auge offensichtlich. Die Zimmermädchen hielten sich strikt unter sich, und ebenso die Butler, Pagen und Reinigungskräfte. »Es ist so ähnlich wie früher auf den Plantagen der Südstaaten«, hatte Clarice einmal zur Belustigung ihrer Freundinnen erklärt. »Da waren die Sklaven, die im Herrenhaus arbeiteten – ihr wisst schon, das wären hier die Butler. Insbesondere Lionel. Und dann die Feldsklaven. Das sind wir. Die Leute, die richtig schuften.«

Lionel Bloch, ein Mann in den Fünfzigern, elegant und kahlköpfig, betrat den Raum und nickte der versammelten Mannschaft mit grimmiger Miene zu. Der mit dunkelblauem Nadelstreifenanzug, weißem Hemd und blauer Seidenkrawatte tadellos gekleidete Lionel war der Chefbutler des Beresford und stand der Geschäftsleitung so nahe, wie das für jemanden, der nicht wirklich dazugehörte, nur möglich war.

Paula Burns, das Clipboard in der Hand, hob die Stimme, um sich in dem Lärm verständlich zu machen. »Guten Morgen, Leute«, begann sie und lächelte flüchtig. »Ruhe, bitte. Mr. Bextrum hat eine Ankündigung zu machen. Mr. Bextrum?«

John Bextrum war Mitte dreißig, gab sich aber so würdevoll wie ein viel Älterer. Seine Art war höflich, nüchtern und unbestimmt drohend. Er hätte vielleicht gut ausgesehen, wären die Knopfaugen und der kleine, schwächliche Mund nicht gewesen. Clarice sagte gerne, er halte sich für den lieben Gott. »Und ich weiß ein Geheimnis über diesen Mann«, vertraute sie Marisa und Stephanie einmal bei einem Cocktail an. »John tut immer so nobel und etepetete, nicht wahr? Als hätte er in Princeton studiert oder so. Also, Marie Tomlin – macht die die Gehaltslisten? –, die hat mir gesagt, der is nich mal auf'm College gewesen. Das is alles nur 'n Fake.«

Bextrum ließ den Blick mit ausdrucksloser Miene über die Anwesenden schweifen. »Wie Sie wohl alle wissen, wird Christina Howard uns verlassen. Ihr Weggang hinterlässt eine Lücke, die wir gerne intern aus unserem Hauspersonal auffüllen würden.« Er räusperte sich. »So hält man es im Beresford.«

Stephanie beugte sich dicht an Marisa heran und flüsterte: »Hab ich's nicht gesagt…«

Bextrum zeigte auf das Gewimmel der Butler, Pagen und Hausdiener. »Vielleicht einer von Ihnen – Joe, Rob, Tom, wer auch immer –, vielleicht möchten Sie den Aufstieg ins Management in Betracht ziehen? Hier bietet sich eine großartige Gelegenheit.«

Marisa wandte sich Stephanie zu, grinste höhnisch und flüsterte: »Hab *ich*'s dir nicht gesagt. Guck doch nur, in welche Richtung der Mann schaut. Das kannste vergessen.«

»Es gibt nichts Besseres«, fuhr Bextrum gewichtig fort, »als seinen eigenen Nachwuchs großzuziehen, um es einmal so auszudrücken. Die Bewerbungsunterlagen liegen auf dem Tisch bei der Wand.«

Stephanie hob die Hand und schwenkte sie hektisch, um Paula Burns auf sich aufmerksam zu machen.

»Entschuldigen Sie – Mr. Bextrum. Sir?«

»Was gibt's denn, Stephanie?«, fragte Burns, eine gewisse Schroffheit in der Stimme.

»Kann sich auch ein Zimmermädchen bewerben?«

»Was denn – ist die durchgeknallt?«, flüsterte Clarice.

Paula Burns wandte sich Bextrum mit einem leichten Achselzucken zu, als wollte sie sagen: Diese Frage kontern Sie; schließlich werden Sie dafür bezahlt.

Bextrum rieb sich das Kinn und sah Stephanie an. »Kann ein… äh… Na ja.« Er nickte. »Eine gute Frage, Ms. Kehoe. Technisch gesehen ist es natürlich so: War ein Angestellter – oder eine Ange*stellte* – drei Jahre hintereinander hier im Haus beschäftigt, so erfüllt er oder… *sie*… die Bedingungen für eine Bewerbung.« Er zwang sich zu einem Lächeln. »Nun, warum also nicht. Denkbar ist alles, und es ist gewiss Ihr Recht. Beantwortet das Ihre Frage?«

»Ja, Sir«, antwortete Stephanie strahlend. Sie wandte sich Marisa zu und stieß sie an. »Er sagt, denkbar ist alles. Hab ich's dir nicht gesagt?«

»Still«, zischte Marisa. »Man guckt schon zu uns her.«

Paula Burns rief die Versammelten mit einem Händeklatschen wieder zur Ordnung. »Es wird eine kleine Mitarbeiterfeier zu Miss Howards Ehren geben. Übermorgen von siebzehn bis neunzehn Uhr. Sie findet in der Cafeteria statt, damit alle Schichten Gelegenheit zur Teilnahme haben.«

»Andernfalls würde sie natürlich im Le Cirque stattfinden«, flüsterte Barbara.

Stephanie hielt sich die Hand vor den Mund, um nicht loszuprusten. »So hält man es im Beresford«, gab sie eine spitzzüngige Parodie von John Bextrum.

»Und nun – weiter im Text«, erklärte Paula Burns, während sie ihr Clipboard mit kurzsichtig zusammengekniffenen Augen betrachtete. »Mr. Radcliffe aus sieben-null-neun checkt aus. Mr. Greenwald checkt ein. Er ist wieder auf Entzug, räumt also bitte die Minibar aus.

Mr. Fukimoro, der Chief Financial Officer von Kanga, bezieht Zimmer acht-vierzehn. Bitte zusätzliches Evian auffüllen, die Teppiche reinigen und Hausschuhe für seine Gäste bereitstellen… Oh, ja, und bitte den Augenkontakt vermeiden, meine Damen. In der Vergangenheit sind uns Klagen zu Ohren gekommen.

Stephanie, Marisa, Sie gehen bitte als Erstes zur Madison-Suite. Mr. Lassiters Freundin reist am Vormittag ab. Mrs. Lassiter mit Kindern kommt aus Chicago und wird um vierzehn Uhr dreißig am Flughafen erwartet.« Die Andeutung eines Lächelns flackerte über Paula Burns' strenge Miene. »Sorgen wir dafür, dass es eine geordnete Übergabe wird.«

»Oh, lecker«, murmelte Clarice sotto voce. »Mehr Spaß und Spiel im alten Beresford.«

Paula spähte auf ihre Notizen. »Außerdem checken heute zwei VIPs in Suiten ein. Die Leiterin von Sotheby's, Caroline Lane, in die Park-Suite. Sie wechselt aus dem Four Seasons zu uns. Recht anspruchsvoll, wie ich gehört habe. Sie bevorzugt Bettwäsche von Pratesi und Orchideen und trinkt St. Pellegrino-Mineralwasser, still. Ihr Lieblingsduft ist Lavendel.

In die York-Suite zieht Abgeordneter Christopher Marshall aus Albany ein. Die Suite wird gleichzeitig als Konferenzraum genutzt, daher werden Alhohol-Bar und Kaffee alle vier Stunden aufgefrischt.« Paula Burns hielt inne, holte tief Luft und warf wieder einen kurzsichtigen Blick auf ihr Clipboard. »Mr. Marshall bevorzugt Anchor-Steam-Bier und Tunfisch mit Mandelkruste aus dem Nellie's an der Houston. Als Nächstes ein äußerst wichtiger Punkt: Als Politiker *muss* er alle New Yorker und Washingtoner Zeitschriften haben, und außerdem das *Journal.* Er bringt seinen großen Hund mit. Wir brauchen die entsprechende Ausstattung.«

Paula klopfte sich wie ein Soldat zackig mit dem Clipboard gegen den Schenkel und sagte: »Das war's, Leute. Diensteifer und Unsichtbarkeit. Packen wir's an!«

Die Zimmermädchen machten sich rasch an ihr Tagwerk und begaben sich in den wohlgefüllten Lagerraum. Mit exakten, ökonomischen Bewegungen packten sie Bettwäsche, Silberbesteck, Kaffee, Servietten, Gläser und Ausgaben der *Times,* der *USA* und des *Wall Street Journal* auf ihre Wagen. Marisa und Stephanie, die jeweils einen schwer beladenen Wagen vor sich herschoben, nahmen den Lastenaufzug in den zweiten Stock zur Madison Suite, deren Name in Goldlettern auf der Tür prangte. Lautlos traten sie ein. Mr. Lassiters Freundin hatte sich recht gründlich damit befasst, das Zimmer in eine Müllhalde zu verwandeln – Lampen waren umgeworfen, Frühstück über den Boden verschmiert, überall lagen Kleider herum, und in zwei Aschenbechern qualmten Zigaretten. Eine sehr unglückliche, sehr elegant gekleidete junge Dame wandte sich mit einem tränenüberströmten Jedes-Wort-ist-ein-Wort-zu-viel-Blick zu ihnen um. Sie stand unsicher auf und schleuderte eine Kristalllampe gegen die Wand, haarscharf am Fenster vorbei. Dann marschierte sie ins Bad und schlug die Tür hinter sich zu.

»Wow«, bemerkte Marisa augenrollend.

»Die Turteltäubchen müssen 'ne richtig tolle Nacht gehabt haben«, meinte Stephanie. »Mein Gott, was für ein Müllhaufen. Mr. L. wird eine ganz schöne Rechnung kriegen.«

»Die hat er bestimmt verdient«, gab Marisa zurück. »Am besten bringen wir das mal über die Bühne.« Sie steckte den mitgebrachten Radiorecorder ein und stellte die CD an. Es ertönte ein kräftiger Rhythm&Blues, und Marisa und Stephanie tanzten beim Putzen, sowohl gemeinsam als auch jede für sich. Zwei Stunden später war die Suite so gut wie neu.

Die Adams-Suite war gleichfalls versaut, und Marisa arbeitete die Mittagspause durch. In der Park-Suite sah es ganz anders aus. Der ausziehende Gast hatte kaum eine Spur hinterlassen; innerhalb einer Stunde hatte Marisa, die jetzt allein arbeitete, die Suite für den nachfolgenden Gast fertig: Caroline Lane, die Leiterin von Sotheby's. Eine anspruchsvolle Dame, hm?, dachte Marisa, während sie dem Zimmer den letzten Schliff gab. Das sind sie doch alle. Sie legte eine Auswahl von Hochglanzmagazinen auf dem Couchtisch zurecht. Was ist das eigentlich mit diesen reichen Leuten? Nie zufrieden, nie ist irgendwas jemals gut genug oder entspricht wirklich ihrem Niveau. Fast als würden sie umso mehr begehren, je mehr sie bekommen. Eine Endlosspirale. Ob ich als Reiche wohl auch so wäre?

Sie stellte eine blühende Orchidee auf den Schreibtisch, genau so, wie man es sie gelehrt hatte: nicht in die Mitte, sondern um eine kunstvolle Kleinigkeit zur Seite verrückt. »Dadurch entsteht so etwas wie Klasse«, hatte Paula Burns ihr gesagt, als sie im Beresford anfing. Marisa musste man niemals etwas zweimal sagen; sie hörte genau zu und vergaß nichts.

Zum Abschluss ihrer Arbeit in der Park-Suite legte Marisa einen an ›Ms. Caroline Lane‹ adressierten Umschlag auf den Tisch und ein frisches Lavendelzweiglein auf das Keilkissen. Als sie sich ein letztes Mal umblickte und zufrieden nickte, kam Paula Burns ins Zimmer gestürmt. Sie trat zum Bett und nahm den kleinen Lavendelzweig in die Hand.

»Was für eine nette Geste!«, rief sie aus. »Sie sind sehr kreativ, Marisa.«

»Danke, Ma'am.«

»Ich habe Sie ganz oben auf meine Liste gesetzt. Sie lernen rasch und werden immer besser.«

»Das ist nett von Ihnen.«

»Gehen Sie jetzt Lionel suchen, damit er die Suite abzeichnet.«

»Sofort.«

Lionel befand sich in der York-Suite und inspizierte Stephanies und Barbaras Arbeit, bevor er sie in seinem kleinen Notizbuch abzeichnete, das er immer bei sich trug. Er überprüfte gerade die Getränke im Kühlschrank, als ein Hotelpage mehrere Tüten von Nellie's hereintrug. Lionel rückte nervös die Zeitungen auf dem Tisch zurecht, als ein weiterer Page ein großes Hundekissen brachte und damit ins Badezimmer wollte.

»Nein, nein, Damon«, widersprach Lionel. »Der Herr möchte den Schlafplatz seines Hundes bestimmt neben dem Bett haben. Bringen Sie ihn hierher.«

Als Marisa die York-Suite betrat, inspizierte Lionel gerade die Auswahl von Herrentoilettenartikeln im Bad. »Limette«, murmelte er. »Hat Paula jetzt eigentlich Limette oder Pimentöl gesagt?« Er schüttelte den Kopf, über sich selbst verärgert. Er konnte sich einfach nicht erinnern; in letzter Zeit passierte ihm das immer wieder. Sicherheitshalber würde er sich von jetzt an alles aufschreiben müssen.

Während Marisa ihn durch die geöffnete Badezimmertür beobachtete, begannen seine Hände zu zittern, und die Flasche mit Rasierwasser entglitt seinem Griff und zerbrach auf dem Marmorboden. Instinktiv wollte er sie aufheben und schnitt sich den Finger an einer Glasscherbe. Er umfing die blutige Hand mit der anderen und starrte sie an. »Verdammt!«, sagte er.

Er wandte sich um, sah Marisa im Badezimmereingang stehen, und seine Augen huschten von ihr weg; sein Kiefer arbeitete angespannt. Sie verstand, dass sie gerade etwas beobachtet hatte, was sie eigentlich nicht hätte sehen sollen.

»Ich brauche Ihre Unterschrift für die Park-Suite, Sir«, sagte sie eilig.

Er setzte gerade zu einer Antwort an, da ging sein Piepser los. Mit der unverletzten Hand griff er danach.

»O Gott, er checkt schon ein. Er ist früher gekommen.«

Marisa trat einen Schritt vor und sagte: »Hier, lassen Sie sich von mir helfen.«

»Ich hab's im Griff, Miss Ventura. Alles in Ordnung, wirklich.«

»Sie haben da einen ziemlich tiefen Schnitt«, widersprach sie und machte einen Waschlappen feucht, den sie ihm höflich, aber energisch auf seine Hand drückte. »Ich mach hier drinnen fertig, Sir.« Sie griff nach einem Fläschchen mit Aspirin, schüttelte zwei Tabletten heraus und reichte sie Lionel mit einem Glas Wasser. »Am besten nehmen Sie die da.«

»Danke«, antwortete er.

Nachdem er die Tabletten geschluckt hatte, bückte er sich und sammelte die Glasscherben ein.

»Nein«, sagte sie. »Ich mach das hier schnell sauber. Sie müssen sich um Ihre Hand kümmern.«

Einen Moment lang schaute er verunsichert, dann sagte er: »Sobald der Abgeordnete hier eingezogen ist, kümmere ich mich darum.«

Immer die Pflicht zuerst, dachte sie. Sie mochte Lionel, den strengen Butler, der sein Leben dem Dienst geweiht hatte. Er gehörte mit Sicherheit einer aussterbenden Art an.

Beide erstarrten sie einen Moment lang, als sie hörten, wie die Tür zur York-Suite geöffnet wurde. Als Erstes drang das tiefe Bellen eines Hundes an ihre Ohren.

4

Im selben Moment, als Lionel sich schnitt, sprang Christopher Marshall aus seinem Wagen mit Fahrer, gefolgt von Jerry Siegel und einer Assistentin. Hotelpagen kümmerten sich um das Gepäck, während Marshall und Siegel zum Eingang des Beresford eilten. Siegel umriss gerade das Tagesprogramm, doch Marshall beachtete weder Siegels ständigen Redestrom noch die Schaulustigen, die ihn umdrängten, sondern drehte sich und hielt nach seinem Hund Rufus Ausschau. Der Hund sprang aus dem nachgekommenen Van, der gerade am Straßenrand vorfuhr, und ein Assistent griff rasch nach seiner Leine.

Als sie nun die York-Suite betraten, kam Lionel ihnen zur Begrüßung entgegen, die Hände hinter dem Rücken verschränkt und den Waschlappen wie eine Aderpresse um seine verletzte Hand gelegt. Siegel stürmte an ihm vorbei, ohne ihn überhaupt wahrzunehmen, und las dabei laut aus einer Zeitung vor. Chris Marshall und die Assistentin kamen hinter dem aufgedrehten Image-Berater her, und der Page bildete einen Gepäckkarren schiebend das Schlusslicht.

Marshall nahm Rufus Leine und Halsband ab, während Siegel weiter vorlas. »Zitat… Herzensliebling Chris Marshall… bla-bla-bla-bla-bla-bla… Sohn des verstorbenen Senators Grant Marshall… bla-bla-bla-bla-bla… der sich voraussichtlich nächstes Jahr bei den Senatswahlen für den Sitz seines Vaters aufstellen lassen wird… Zitat Ende.« Siegel lächelte zu Marshall auf. »Ich denke, das ist absolut respektvoll.«

Marshall riss ihm die Zeitung aus der Hand. »Lass mal sehen.«

»Hey, ich war noch nicht fertig.«

»Das ist mir klar, Jerry. Du warst noch lange nicht fertig. Zu eifrig mit Zensieren beschäftigt.« Er las jetzt laut vor: »Herzensliebling und Polit-Playboy Chris Marshall, der Abgeordnete, der…« Er schaute von der Zeitung auf, keinen glücklichen Ausdruck im Gesicht. »Da hast du wohl ein paar Wörtchen überlesen, stimmt's?«

»Na und? Playboy, das ist doch ein Kompliment für dich. John F. Kennedy hat es definitiv nicht geschadet, und Clinton auch nicht.«

»Mein Gott, Jerry, der Mann hat ein Impeachment-Verfahren angehängt bekommen.«

»Na und? Seine Popularität hat er trotzdem nie verloren.«

Marshall wandte sich wieder der Zeitung zu. »… Chris Marshall, der letzten Monat seine Verlobung mit Superbabe Daniella von Graas auflöste, traf solo in der Stadt ein…« Er warf die Zeitung zu Boden und schwenkte tadelnd den Zeigefinger unter Siegels Kinn: »Respektvoll? So was nennst du respektvoll?«

Siegel zuckte mit den Schultern. »Du bist eben eine Gestalt des öffentlichen Lebens. Das ist eine Nachricht wert, Babe. Wenn du niest, ist das schon eine Nachricht wert. Gewöhn dich besser daran.«

»Wir waren gar nicht verlobt!« Marshall wurde laut, was selten vorkam. »Herrgott noch mal, Mann, auf welcher Seite stehst du eigentlich?«

»Auf deiner, und deswegen sage ich dir ja, wie sehr du mich brauchst. Du brauchst jemanden, der dich in Schwung bringt. Du bist fast zu sehr Gentleman für diesen Beruf, Chris. Du und Bill Bradley – die letzten Vertreter einer aussterbenden Art.«

»*Beinahe* zu sehr Gentleman«, meinte Marshall trübselig. »Aber eindeutig doch nicht ganz.«

Er wandte sich ab, ging auf alle viere runter und spielte mit Rufus, der mit dem Schwanz wedelte und vor Begeisterung sabberte.

»Chris«, sagte Siegel, der vor ihm Aufstellung genommen hatte, »falls ich deine wichtige Konferenz einmal einen Moment lang unterbrechen dürfte. Schau mich an, bitte.«

»Ich will dich aber nicht anschauen. Siehst du denn nicht, dass ich zu tun habe?«

»Wir gehen zu dieser Maddox-Veranstaltung am Montagabend. Das meine ich ernst.«

Marshall schüttelte den Kopf und rubbelte Rufus hinter den Ohren. »Nein, Jerry, tun wir nicht.«

Er stand auf und ging Richtung Bad.

»Wenn doch nur dein alter Herr hier wäre«, sagte Siegel. »Der würde mich unterstützen.«

»Soll das ein Scherz sein? Mein Vater hatte keinerlei Verwendung für diesen Kerl.«

»Nein, falsch!«, rief Siegel Marshalls Rücken nach. »Dein Vater wusste sehr wohl, wie man diesen Mann für sich einspannt.«

Marshall warf seinem Berater einen verblüfften Blick zu. »Wo willst du eigentlich hin, Jerry?«

»Das hängt von dir ab. Wo willst du denn hin?«

»Ins Bad, okay? Allein.« Er ging hinein und wollte gerade die Tür schließen, als Siegel sagte: »Ruf mich, wenn du was brauchst.«

Marshall öffnete die Tür wieder und schaute sich um, die Augenbrauen gewölbt. »Was?«

»Hey, war bloß ein Scherz. Ein bisschen easy, Babe. Nicht alles so ernst nehmen.«

Marshall schüttelte den Kopf und verschwand wieder im Bad.

Siegel wirbelte herum und funkelte Lionel und den Hotelpagen wütend an. »Was steht ihr da und spitzt die Ohren, hä? Habt ihr Typen nichts Besseres zu tun?«

»Jetzt mal mit der Ruhe, Jerry!«, rief Marshall nach draußen. »Nicht immer alles im Vollgas.« Er stand vor dem Klobecken und öffnete seinen Hosenschlitz.

Marisa, die noch immer auf allen vieren nach den letzten Glassplittern suchte, räusperte sich laut, stand auf und ging zur Badewanne.

»Ach, du meine Güte, verzeihen Sie bitte«, sagte Marshall und machte verstohlen den Reißverschluss wieder zu. »Ich wusste nicht, dass jemand hier ist.«

»Ich bitte um Verzeihung«, erwiderte Marisa. »Ich wollte nur… Auf dem Boden lagen ein paar Scherben. Ich bin schon fertig.«

Mit gesenktem Kopf stürzte sie aus der Tür und eilte zum Lagerraum, wo Lionel sich gerade erfolglos einen Glassplitter aus dem Finger zu ziehen versuchte. Seine Hand zitterte.

»Lassen Sie sich von mir helfen, Sir.«

Er warf ihr einen Blick zu und gestattete sich die Andeutung eines Lächelns. »Sie scheinen heute kaum etwas anderes zu tun, als mir zu helfen.«

Sie nahm einen Verbandskasten von einem Medikamentenbord und holte eine Tube mit antiseptischer Creme sowie eine Nadel heraus. Dann zündete sie ein Streichholz an, sterilisierte damit die Nadel und entfernte mit einer schnellen Bewegung den Splitter; anschließend versah sie die Wunde mit der Salbe und einem Verband.

»Sie sind sehr geschickt, Miss Ventura.«

»Ich habe einen Zehnjährigen zu Hause. An so was bin ich gewöhnt.«

Lionel seufzte auf und schaute weg. »Und ich habe wohl leider zwei linke Hände.«

»Das passiert doch jedem mal.«

»Vielen Dank für Ihre Hilfe.« Er nahm krampfhaft die Schultern zurück und sagte: »Jetzt muss ich mich aber beeilen und einiges aufholen. Ich bin bei meinen Inspektionen im Rückstand.«

Marisa bemerkte, dass an einem Garderobenhaken an der Wand ein Kleidersack mit dem Logo von Dolce & Gabbana hing.

»Wohin muss der?«, fragte sie.

»Zu Caroline Lane«, antwortete Lionel. »In die Park-Suite. Sie hat gerade eingecheckt und sofort um Auspacken und Bügeln ihrer Kleidung gebeten. Ich bringe ihr das besser. Sie ist ziemlich, ähm, ich spüre da ein gewisses Temperament.«

»Blut und Dolce«, bemerkte Marisa. »Hm, hm.«

Lionel lächelte milde und nickte.

»Ich bin ohnehin auf dem Weg zur Park-Suite«, sagte Marisa und griff sich den Beutel. »Ich kann sie ihr mitnehmen.«

Im zweiundzwanzigsten Stock stand sie dann an der Tür, holte tief Luft und klopfte leise. »Zimmerservice«, sagte sie. Als keine Antwort erfolgte, trat sie mit ihrem Generalschlüssel ein. Sie blieb beim Couchtisch stehen, stellte mit der Fernbedienung Musik an, reduzierte die Lautstärke auf kaum mehr als Flüsterton und ging ins Schlafzimmer weiter. Als sie den Kleidersack in den Schrank hängte, hörte sie, wie die Tür zum Korridor aufging. Sie wandte sich um und sah einen Hotelpagen hereinkommen, der ein halbes Dutzend T-Anthony-Reisekoffer und -taschen auf einem Gepäckwagen hereinschob. Hinter ihm trat eine lebhaft in ein Handy sprechende, schlanke, blonde, modisch gekleidete Frau Anfang dreißig ein. Marisa war sie auf den ersten Blick vertraut. Sie kannte den Typ, das Beresford war für Frauen wie sie geschaffen: von reicher Abstammung, gebildet, herrisch und anspruchsvoll. Marisa war sich bewusst, dass Caroline Lane häufig in den Klatschspalten auftauchte. Auf Seite sechs der *New York Post* war sie ein häufiger Gast, und eine ungenannte Quelle hatte dort einmal über sie geäußert: ›Caroline ist weder so flach und fehlgeleitet, wie ihre Kritiker es hoffen, noch so faszinierend und unwiderstehlich, wie sie selber glaubt.‹

Marisa erfuhr diese saftigen kleinen Details von Stephanie, die die Boulevardpresse mit geradezu religiösem Eifer verfolgte und einem zuverlässig Auskunft geben konnte, wer gerade mit wem schlief oder sich in der Betty Ford-Klinik aufhielt und wer kürzlich seine Wochenendvilla inklusive Meerblick mit zehn Millionen Dollar Verlust verkauft hatte.

»Keine Ahnung, was mit dem los ist«, sagte Caroline gerade ins Handy und ließ dabei eine Ausgabe des *Observer* auf das sorgfältig aufgefächerte Zeitschriftenarrangement plumpsen. »Also, er hat es doch glasklar gesagt – *mehr* als glasklar, weißt du. Eine Klette, nicht unabhängig genug. Meinst du etwa, ich bettele darum, dass er mich auf eine Geschäftsreise begleitet? Nie im Leben…«

Zerstreut warf sie ihren Schal über die Orchidee, während sie mit großen Schritten auf- und abging.

»Also, ehrlich, das Ganze ist ein einziges Hin und Her. Den einen Tag schauen wir uns Ringe an, den nächsten Tag ist die Trennung da. Das ist zum Aus-der-Haut-Fahren. Da ist doch *alles* möglich. Wir sind mitten in der Krise, Rach.«

Diese Bemerkung unterstrich sie, indem sie ihren Mantel durchs Zimmer schleuderte, der auf das Lavendelzweiglein auf dem Bett fiel und eine weitere von Marisas Aufmerksamkeiten auslöschte.

Caroline Lane trat sich die Schuhe von den Füßen, warf sich

aufs Bett und sagte grinsend in verschwörerischem Tonfall: »Also… jetzt *hör* dir das mal an. Meine Assistentin hat ›versehentlich‹ meinen Terminkalender von dieser Woche an seine Mail-Adresse geschickt. Natürlich hab ich noch ein paar Verabredungen zum Lunch und zu Dinner-Partys mit meinem Ex dazugefügt. Das wird Eric auf die Palme bringen. Fan*tastisch,* findest du nicht auch?«

Sie kicherte. »Bei diesen Männern muss man wie die CIA sein. Ständig was in der Hinterhand haben. Moment mal.«

Ohne den Pagen eines Blickes zu würdigen, reichte sie ihm eine Fünf-Dollar-Note, dann deutete sie auf Marisa, die die Zeitschriften noch einmal gerade rückte. Das Mundstück mit der Hand zuhaltend, sagte sie sotto voce: »Der ganze Kram muss gebügelt werden.« Sie zeigte auf ihre Taschen und Koffer.

»Ja, Ma'am.« Marisa begann mit dem Auspacken, und wenn sie ein Kleidungsstück hochhielt, machte Caroline Lane eine ›Bügeln‹-Geste mit der freien Hand.

Vielleicht denkt sie, dass ich kein Englisch verstehe. Vielleicht denkt sie, ich wäre gerade erst mit einem Floß an Land getrieben und hätte mir eine Greencard abgeholt. Die dumme Kuh.

Caroline wandte sich wieder ihrer Unterhaltung zu und sagte: »Weil, darum geht es, *darauf* will ich hinaus, Rach, ich meine, ich sag dir jetzt, was ich gelernt habe. Männer heiraten dich nur, wenn sie glauben, dass ein anderer hinter dir her ist. Sie sind dumm – sehen wir den Tatsachen mal ins Gesicht –, und man muss sie manipulieren. Wir sollten nicht vergessen, dass Eric vom Warenhandel lebt. Ein bisschen Wettbewerb könnte meinen Marktwert steigern.« Sie lauschte ungeduldig und sah dann auf ihre Uhr. »Du meine Güte, jetzt hab ich aber wirklich Verspätung. Bis später dann.«

Sie ließ das Handy zuschnappen, als Marisa gerade die Bügelwäsche aufhob und losgehen wollte.

»Bitte, einen Moment noch.«

Sie erhob sich träge vom Bett, ging zum Kleiderschrank und warf einen kurzen Blick auf die drei Outfits von Dolce & Gabbana. Ein Kleid holte sie heraus und hielt es ans Licht.

»Hmmm. Ohne die Strümpfe lässt es sich nicht beurteilen. Könnten Sie mir einen großen Gefallen tun?« Sie betrachtete weiterhin das Kleid und nahm keinen Augenkontakt mit Marisa auf. Dann ließ sie den Blick durchs Zimmer schweifen, nahm ein kleines Kissen von einem Stuhl und legte den Finger auf ein Blatt im Muster.

Ich bin unsichtbar, dachte Marisa, ich bin ein Gegenstand, mit dem gesprochen wird; insbesondere bei den Frauen ist das so. Paula Burns braucht das nicht extra zu betonen. Diese Leute betrachten uns ohnehin nicht als Menschen.

»Ma'am?«

Caroline Lane warf ihr endlich einen Blick zu und schenkte ihr ein freundliches Lächeln. »Ich weiß, das ist nicht Ihre Aufgabe, und ich würde Sie normalerweise auch gar nicht darum bitten, aber ich stehe unglaublich unter Zeitdruck…«

»Schon gut«, antwortete Marisa und erwiderte ihr Lächeln.

»Ach, Sie sind ein Schatz. Könnten Sie schnell loslaufen und mir drei Paar Strumpfhosen besorgen – die eine genau im Farbton des Blattes in diesem Muster« – sie warf Marisa das Kissen zu –, »die andere eine Kleinigkeit dunkler und die dritte einen Hauch heller. Die Sache ist die, ich stecke hier in der Klemme.«

»Na ja, normalerweise kümmert sich der Concierge um sowas.«

Caroline schüttelte ungeduldig den Kopf. »Glauben Sie mir, das funktioniert nicht. Bitte! Sie sehen aus wie eine Frau, die den Unterschied zwischen Taupe und Caramel beurteilen kann.«

Wider Willen spürte Marisa einen Schwall von Wärme in sich aufsteigen. Das Kompliment gefiel ihr.

»Hier.« Caroline nahm eine Hand voll Geldscheine aus ihrem Portemonnaie und schwenkte sie vor Marisa. »Das sollte wohl reichen, und noch einmal *vielen herzlichen* Dank. Sie haben mir das Leben gerettet.«

Marisa trabte mit dem Kissen und einer Ladung Bügelwäsche den Flur entlang und stieß dabei auf zwei ältere, teuer gekleidete Französinnen, die eifrig Toilettenartikel von einem Wagen abräumten.

»Ah, schau dir nur diese Creme an!«, rief die Dickere auf Französisch aus. »*Die* hatten wir ja gar nicht in unserem Zimmer.« Sie öffnete die Flasche. »Riecht köstlich. Du solltest sie mal ausprobieren, Monique.«

»Nein, nein«, gab die Zierlichere zurück. »Für mich ist das nichts, Anouk. Zu üppig.«

»Und wie steht es mit der da?«

»Lass mal sehen.«

Beim Reden stopften sie Artikel in ihre Handtaschen, doch als sie Marisa kommen sahen, hielten sie sofort inne und wechselten in ein Englisch mit starkem französischem Akzent über.

»Wunderschönes Wetter«, meinte Anouk mit einem wachsamen Auge auf Marisa.

»Glaubst du, dass es heute regnet?«, fragte Monique.

Marisa eilte mit abgewandtem Blick an ihnen vorbei Richtung Pantry und verbiss sich ein Lachen.

»Wer weiß? Schon möglich«, antwortete Anouk. Als Marisa durch die Tür verschwunden war, fuhr sie auf Französisch fort: »Sie ist weg. Jetzt aber schnell.«

Eilig rafften sie noch mehr Artikel vom Wagen herunter.

Stephanie kam gerade in dem Moment aus dem Zimmer, als Marisa hineinwollte; um ein Haar wären sie zusammengestoßen.

»Hey, Maris, wo brennt's denn, Kleine?«

»Ty soll um vier seinen Vortrag halten«, antwortete sie atemlos. »Arlene springt für mich ein. Ich hab's wirklich eilig.« Sie drückte ihrer Freundin die Kleidungsstücke in die Hand. »Bügel das für mich, okay?«

»Ja, klar. In meiner Freizeit – dabei weiß doch jeder, dass ich keine habe.«

Marisa war bereits wieder hinausgeeilt, tauchte aber noch einmal in der Tür auf und sagte: »Ach, das hätte ich fast vergessen. Zwei alte französische Pudel machen sich auf dem Flur über deinen Wagen her.«

»Was?« Stephanie blickte auf den Gang, wo die beiden Damen sich fieberhaft die Handtaschen voll stopften.

»Also, ich glaub, es hackt!«, rief sie aus und wollte sich wieder zu Marisa umdrehen, doch die war bereits verschwunden.

Sie rannte zum nächsten Geschäft für Frauenbekleidung, das zwei Blocks vom Beresford Hotel entfernt in der Lexington Avenue lag, und hielt Ausschau nach einer Bedienung. Sie spürte, dass die Leute sie anstarrten, und fühlte sich unwohl in ihrer Zimmermädchenkluft. Als sie zur Theke kam, musste sie feststellen, dass die Verkäuferin gerade telefonierte. Marisa versuchte, sie anzusprechen, bekam aber keine Antwort. Achselzuckend wandte sie sich zum Hinterzimmer.

Die Verkäuferin, die sie misstrauisch beäugte, sagte in die Muschel: »Warte mal einen Moment.« Dann wandte sie sich in schärferem Ton an Marisa: »Miss … entschuldigen Sie, wo wollen Sie hin?«

»Ich will bloß mal nachsehen, ob Carrie …«

Die Verkäuferin fiel ihr ins Wort. »Die hat heute frei. Würden Sie bitte dort weggehen … Treten Sie einfach zurück … Bitte.« Sie setzte das Telefonat fort, während Marisa wartete. »Hi. Tut mir Leid. Nein, nichts. Niemand. Du zuerst. Na los, *sag* schon. Nein, du. Nein – *du.*« Sie kicherte, ohne die Schlange zu beachten, die sich hinter Marisa bildete. »Also, Chris, *das* kannst du mir unmöglich vorenthalten…«

»Verzeihung?«, sagte Marisa.

Die Verkäuferin lachte schallend in die Muschel. »Ist das dein *Ernst*? Du Schlingel! Du Böser!«

»Entschuldigung«, sagte Marisa, »aber ich bin in Eile.«

Die Verkäuferin bemühte sich, Marisa niederzustarren, presste die Lippen zusammen und reckte ihr die erhobene Hand entgegen, als wollte sie den Verkehr anhalten. »Red weiter. Was passierte dann? Nein, das *hat er nicht*. Du willst mich verarschen. *Tatsächlich*?« Sie lachte kreischend. »Ahhhh. *Das gefällt mir.*«

Marisa beugte sich über die Theke vor. »Können Sie mir sagen, ob…«

Abermals fiel ihr die Verkäuferin ins Wort. »Sie müssen warten!«, fauchte sie, dann führte sie ihr Gespräch unbekümmert fort. »Was? Ach, ein Zimmermädchen. Ich weiß auch nicht.« Sie sprach gerade so laut, dass Marisa sie verstehen konnte. »Mittlerweile lässt man hier ja jeden rein, du weißt schon, was ich meine. Man muss Augen haben wie ein Luchs. Und? Erzähl weiter. Was hat er dann gemacht?«

Marisa beugte sich möglichst weit vor und sagte ihr ins Ohr: »Hallo?«

Die Verkäuferin wandte den Kopf, sodass ihre Nasenspitzen beinahe gegeneinander stießen. Marisa zeigte mit dem Finger auf das Namensschild. »Leezette«, sagte sie.

»Bleiben Sie auf Ihrer Seite der Theke. Sie haben kein Recht…«

»Oops.« Marisa nahm der verblüfften Verkäuferin das Telefon aus der Hand.

»Was machen Sie denn da?«

Marisa legte den Hörer auf. »Da wir nun mal beide im Dienstleistungssektor tätig sind, Leezette, und da ich in Eile bin und überhaupt, würde ich vorschlagen, dass Sie allmählich mal anfangen, mit dem Endverbraucher Geschäfte zu tätigen, was schließlich der Grund ist, weshalb Sie hier stehen.«

»Geben Sie Ihr ruhig Bescheid, Miss«, meinte eine der Damen in der Schlange. »Das ist ja lächerlich.«

Marisa schwenkte die Hand. »Sehen Sie die Schlange, die sich hinter mir gebildet hat, Leezette? Wir warten alle auf Bedienung, und Ihr Job ist es, uns zu bedienen – es sei denn, Sie glauben, wir wären nicht gut genug, um von Ihnen bedient zu werden.« Sie wandte sich an die wartenden Damen. »Was meinen Sie, Ladys? Hab ich Recht, oder hab ich Recht?«

Der begeisterte Zuspruch, den sie fand, ließ die Verkäuferin zurückzucken. »Was kann ich für Sie tun?«, sagte sie leise, mit widerwilligem Respekt.

»So ist es schon besser«, meinte Marisa und lächelte. Sie hatte das Gefühl, an diesem Tag, der ausgesprochen stressig zu werden versprach, endlich eine Runde für sich entschieden zu haben.

5

Veronica Ventura, Marisas Mutter, wartete am Dienstboteneingang des Beresford-Hotels auf ihre Tochter. Sie war Anfang fünfzig, wirkte gepflegt und trug ein gediegenes graues Kostüm und bequeme schwarze Gehschuhe. Mrs. Ventura war stolz auf ihre Tochter – ihr einziges Kind –, doch ihre Beziehung war etwas schwierig, denn sie hatte sich nie so recht damit abfinden können, dass ihr Liebling Marisa kein Kind mehr war, das beschützt und angeleitet werden musste, sondern eine erwachsene Frau mit einem verantwortungsvollen Job und einem zehnjährigen Sohn – ›mein kleines Genie‹, nannte ihn Veronica bisweilen mit einer Mischung aus Stolz und Verwunderung. Hin und wieder gerieten sich Mutter und Tochter in die Haare – Marisas Ansicht nach wegen ihrer grundlegend unterschiedlichen Wertvorstellungen. Jedesmal wenn sie den Wunsch äußerte, weiter voranzukommen, warf ihre Mutter ihr Unbeständigkeit und Tagträumerei vor. »Du bist nicht realistisch«, sagte Veronica dann. »Du kannst von Glück sagen, dass du einen guten Job hast. Du hast dein Auskommen. Bleib dabei, Marisa. So viel Glück hast du so schnell nicht wieder.«

»Aber ich bin doch bloß Zimmermädchen, Ma. Das ist nicht gerade ein Traumjob, und ich trau mir mehr zu.« Sosehr die beiden Frauen einander auch liebten und trotz des großen Respekts, den sie füreinander empfanden, schwelte dieser alte Streit immer weiter.

Kurz nach Mrs. Venturas Erscheinen eilte Marisa mit den

Einkaufstüten aus dem Bekleidungsgeschäft zum Hotel zurück und bemerkte am Eingang Keef, der mit einem anderen Angestellten gerade eine Zigarettenpause machte.

»Hallo, Ma«, sagte Marisa und warf ihr eine Kusshand zu. »Ich kümmere mich gleich um dich. Keef, wärst du so nett, mir einen Gefallen zu tun? Das ist für die Göttin in der Park-Suite. Okay? Du hast dafür was bei mir gut.«

Keef nickte. »Mach ich. Kein Problem.«

»Danke. Du bist der Beste.« Sie nahm die Tüten auf. »Bist du bereit, Ma? Zum Umziehen hab ich keine Zeit mehr.«

»Das hast du bestimmt. Dann kommen wir halt ein bisschen zu spät.«

»Nein«, erwiderte Marisa entschlossen. »Ty würde ausflippen.« Sie stupste ihre Mutter spielerisch an. »Oder bin ich dir etwa nicht fein genug?«

Veronica musterte sie rasch vom Scheitel bis zur Sohle. »Alles okay.«

»Bloß okay?«

»Du siehst prima aus.«

»Na, dann komm.« Sie zupfte ihre Mutter am Arm. »Lass uns aufbrechen, meine Hübsche.«

»Ich bin nicht deine Hübsche. Ich bin deine Mutter.«

An der Mittelschule prangte ein rotes Spruchband: PRÄSIDENTENVORSTELLUNG: UNSERE GRÜNDERVÄTER. Die auf der Bühne versammelten Kinder spähten durch den Vorhang und winkten Freunden und Familienangehörigen im Publikum zu. Ty stand neben Tiana und wirkte zu ernst und erwachsen für einen Zehnjährigen, ganz so, als trüge er das Gewicht der ganzen Welt auf seinen schmalen Schultern.

Tiana hüpfte aufgeregt auf der Stelle. »Da ist mein Dad – und da kommen mein Bruder und Tante Pat.« Sie wandte sich an

Ty, der Ausschau nach seiner Familie hielt. »Siehst du sie schon?«, fragte sie.

Ty nickte bedächtig. »Ja, da kommen sie gerade – meine Mom, mein Dad und meine Grandma.« Er winkte ausgesprochen überzeugend, obwohl niemand Bestimmtes gemeint war.

In diesem Moment näherten sich Marisa und ihre Mutter zwei Blocks entfernt gerade eilig der U-Bahn. Marisa sah ständig auf die Uhr: halb vier. Wenn nichts mehr dazwischenkam, würden sie noch rechtzeitig zur Veranstaltung dort sein. Da klingelte das Handy in ihrer Umhängetasche, und ohne innezuhalten, holte sie es heraus und klappte es auf.

»Hallo«, sagte sie. »Marcus? Ich versteh dich schlecht. Wo bist du? Du hast noch eine halbe Stunde und darfst dich auf keinen Fall verspäten. Ty würde einen Anfall bekommen. Hallo? *Marcus?* Die Verbindung klappt nicht. Diese verdammten Handys ...« Marisa blickte das Handy böse an. »Ich kann dich nicht – *was?* Bitte sag mir, dass das ein Scherz ist.«

Sie blieb abrupt stehen, sodass ihr die Tasche von der Schulter rutschte und sich der Inhalt aufs Pflaster ergoss.

»Ich heb's auf«, sagte Veronica. Sie klaubte eine Brieftasche, einen Kamm, Kaugummipapierchen, ein Adressbuch, eine Nagelschere, Scheckbuch, ein Bewerbungsformular, verschiedene Rezepte, Zettel mit Notizen und Telefonnummern und zwei CDs auf – ›Best of Moody Blues‹ und die ›Nixon-Tapes‹. Außer dem Bewerbungsformular stopfte sie alles wieder in die Tasche.

Während sie unablässig weiterredete und die Stufen zum U-Bahn-Eingang hinunterstieg, wurde Marisa immer aufgeregter. Sie schob die U-Bahnkarte durch den Schlitz. »Tu mir das nicht an, Marcus. Du würdest Ty sehr wehtun, weißt du.«

»Lass ihn nicht vom Haken«, meinte Veronica, das Gesicht vor Ärger ganz verkniffen.

»Was soll ich ihm denn diesmal erzählen?«, sagte Marisa ins

Handy. »Ich glaube, mittlerweile gibt es keine triftige Ausrede mehr. Du hast sie alle schon benutzt.«

»Du darfst nicht locker lassen, Marisa. Sei stark.«

»Halt den Mund, Ma.« Marisa schüttelte den Kopf, funkelte das Handy böse an. Die U-Bahn kam, und sie stiegen ein.

»Mein Gott«, sagte sie ins Handy, »dieses Wochenende wolltet ihr zum Zelten fahren. Hast du eine Ahnung, wie sehr er sich darauf freut?« Sie lauschte, schüttelte immer wieder den Kopf. »Nein, Marcus, *nein*. Heb dir das für jemanden auf, der dir noch glaubt… Ich muss Schluss machen.«

Sie klappte das Handy zornig zu und steckte es in die Tasche. Mutter und Tochter saßen schweigend Seite an Seite. Marisa fand das Schweigen bedrückend, da Veronica meistens so viel erzählte, dass sie kaum zu Wort kam.

»Was gibt's?«, fragte Marisa schließlich und funkelte ihre Mutter an.

»Ich sag nichts mehr.«

»Kannst du nicht mal was ohne Vorwurf sagen?«

»Wenn ich so mit meiner Mutter geredet hätte, dann hätte sie mir eine Ohrfeige verpasst.«

»Die Zeiten ändern sich, Ma. Mittlerweile haben wir Familiendemokratie.«

Sie nestelte an ihrem Haar, wippte ungeduldig mit dem Fuß, als könnte sie die Bahn so zwingen, schneller zu fahren.

»Welche Ausrede hat er diesmal?«

»Ich will nicht drüber reden.«

Nach kurzem, düsterem Schweigen sagte Veronica: »Und was ist das? Ist eben aus deiner Tasche gefallen.« Sie reichte Marisa das Bewerbungsformular des Beresford Hotels.

»Ah, ja… Danke.« Sie musterte ihre Mutter. »Wie ich sehe, hat es nicht in meine Tasche zurückgefunden.«

»Ins Management, wie? Sieh mal einer an.«

Marisa faltete das Formular zusammen und steckte es in die Handtasche. Sie versuchte, sich zu wappnen für das, was sie kommen sah. »Fang nicht schon wieder damit an, Ma.«

»Hab ich dir schon erzählt, dass ich letzten Samstag Carmen Suzas Nichte Lupe getroffen habe?«

Marisa seufzte. »Nein, das hast du mir noch nicht erzählt.«

»Du erinnerst dich doch an Lupe, oder? Ihr habt zusammen gespielt, als ihr noch klein wart.«

»Und?«

»Sie hatte einen tollen Job bei Sanyo. Eigenes Büro mit Fenster. Und eine eigene Sekretärin, die sie mit niemandem teilen musste. Eines Tages aber beschloss sie, mehr zu verlangen. Rat mal, was sie bekommen hat.«

»Ma, ich hab dir gesagt, du sollst nicht wieder damit anfangen, besonders jetzt nicht. Es liegt doch auf der Hand, dass du glaubst, Lupe hätte kein Recht gehabt, mehr zu verlangen.«

»Sie wurde gefeuert, Marisa. Man hat sie entlassen. *Das* hat sie bekommen, verstehst du? Verstehst du, was ich meine?«

»Ich will mich nicht mit dir streiten. Ich will's einfach nicht.«

»Und ich versuche, dir bloß klar zu machen, dass man deinen Job jemand anderem gibt, wenn man der Ansicht ist, du wärst damit unzufrieden. Und der Job, den du haben willst – von dem du träumst –, also, dafür gibt es eine Million besser qualifizierte Bewerber. Sieh mich an, Liebling. Sieh mich an.«

Marisa drehte den Kopf zu ihr herum. »Ich hoffe, du weißt, wie sehr mir diese Unterhaltung zuwider ist.«

»Träumer bekommen mit neunzehn Kinder und sind dann an einen Verlierer gefesselt.«

Marisa blickte starr geradeaus und versuchte wegzuhören. Ein Teil von ihr fürchtete, ihre Mutter könnte Recht haben.

Die Bühnenlautsprecher waren dem dicht gedrängten Publikum zugewandt, das unter dem Spruchband mit der Aufschrift UNSERE GRÜNDERVÄTER saß. Ty lauschte aufmerksam, während die selbstbewusste Tiana auf dem Podium zum Schluss ihres Vortrags kam.

»Abraham Lincolns Politik«, sagte sie mit kräftiger Stimme, »war kühn und tapfer und den meisten Staaten außerhalb der Union unbequem. Lincoln wusste, dass ihm schwere Zeiten bevorstanden, doch er stand zu seinen Überzeugungen...«

Ihr Vortrag wurde mit herzlichem Applaus bedacht, und ein paar Jungs, die Tiana nicht nur wegen ihrer rhetorischen Fähigkeiten bewunderten, pfiffen sogar durch die Finger. Ty war sich kaum bewusst, dass er ebenfalls klatschte, während er im Publikum besorgt nach seiner Familie Ausschau hielt. Anderthalb Blocks von der Schule entfernt zwängten sich Marisa und Veronica gerade durch die Drehkreuze der U-Bahn und rannten anschließend die Treppe hoch. Marisa sah auf ihre Armbanduhr – vier Minuten vor vier. Ty sollte seinen Vortrag um vier halten. Sie begann, hektisch in ihrer Umhängetasche zu wühlen. »Wo *sind* sie bloß? Ich werd doch nicht etwa Tys Geschenke vergessen haben?«

»Meinst du die CDs? Die hab ich gesehn.«

»Da sind sie ja«, sagte Marisa, nachdem sie noch eine Weile in der Tasche gewühlt hatte. »Gott sei Dank.«

»Du bist ja das reinste Nervenbündel.«

»Danke für die Bemerkung.«

»Wieso schenkst du ihm diese ›Nixon-Tapes‹? Das ist doch noch nichts für den Jungen. Glaubst du, damit würdest du ihm helfen? Du musst ihn anleiten, Marisa, ihm eine Richtung weisen. Wie wär's, wenn du ihm mal ein Harry-Potter-Buch oder einen Baseballhandschuh schenken würdest?« Allmählich begann sie zu schnaufen, denn sie hatte Mühe, mit Marisa

Schritt zu halten. »Kannst du nicht ein bisschen langsamer gehen?«

»Wir kommen noch zu spät. Ich will da sein, wenn er seinen Vortrag anfängt.«

»Die Sache ist nämlich die, Ty ist schon ein bisschen seltsam. Wir wollen es doch nicht noch schlimmer machen…«

»Hör mal, Ma«, sagte Marisa und fuhr zu ihr herum, »Ty ist ein aufgeweckter Junge. Er nimmt alles auf, was er hört, liest und sieht. Wie ein Schwamm, verstehst du? Er hört nie auf, dazuzulernen. Er ist zehn und lernt den Stoff der achten Klasse, und *das* ist viel zu langsam für ihn. Der Junge ist etwas Besonderes. Wenn er sich also die ›Nixon-Tapes‹ wünscht oder sonst etwas, das du vielleicht seltsam findest, dann besorg ich es ihm. Und niemand – weder du noch Marcus –, *niemand* soll sich ein Urteil über ihn erlauben. Weißt du, er merkt es nämlich, wenn du peinlich berührt oder enttäuscht bist oder dich in seiner Gegenwart unbehaglich fühlst. Und ich möchte nicht, dass er seine Interessen aufgibt, nur damit du ihm gegenüber ein besseres Gefühl hast. *Verstanden?*«

Veronica starrte ihre Tochter mit offenem Mund an, um eine Entgegnung erstmalig verlegen. Dann trabte sie weiter, um mit Marisa Schritt zu halten.

Gerade als Ty das Podium betrat, erblickte er seine Mutter und seine Großmutter, die soeben das Auditorium betraten. Sie winkten ihm zu und nahmen in der hintersten Reihe Platz. Aber wo war sein Vater? Mit einem flauen Gefühl in der Magengrube versuchte er, den Gedanken beiseite zu schieben.

»Richard Milhous Nixon«, begann er stammelnd, dann hielt er inne. Das Mikrofon war zu hoch eingestellt, und er musste sich auf die Zehenspitzen stellen, um heranzureichen. Im

Publikum wurde gekichert. Der stellvertretende Direktor kam herbeigeeilt und stellte das Mikrofon für ihn ein.

»Richard Milhous Nixon«, setzte er erneut an, »war ein Mensch voller Widersprüche. Obwohl er als der einzige Präsident, der jemals zurücktreten musste, in die Geschichte eingegangen ist, haben seine Außenpolitik und seine Beziehungen zu China dem Osten die Türen zum Westen aufgeschlossen…« Ty blickte stirnrunzelnd auf seine Notizen nieder. »Ich wollte sagen, dem Westen die Türen zu den öst-, den östlichen Verbindungen.« Er beugte sich weit übers Podium vor, als wollte er sich dahinter verstecken.

»Als geborener Quäker…«

Ein Junge im Publikum äffte Ty nach: »Als geborener Quäker…« Das Gekichere wurde lauter.

»Gleichwohl… gleichwohl trug er… äh… die Verantwortung für die Bombardierung… für die heftige Bombardierung… hm… äh… von… äh.«

Ty schüttelte den Kopf, sammelte seine Notizen auf und floh von der Bühne.

»Du meine Güte«, sagte Marisa. Sie eilte entschlossen über den Mittelgang und trat durch eine Nebentür, die hinter die Bühne führte. Ty lehnte zitternd an einer Wand. Die Notizzettel hatte er zerknüllt, aber seine Augen waren ohne Tränen.

Sie umarmte ihn, drückte ihn an sich; er war ganz steif und reagierte nicht.

»Alle haben mich ausgelacht«, sagte er. »Und dann war mein Kopf auf einmal ganz leer. Ich wusste nicht mehr, was ich sagen wollte.«

»So was kommt vor, Liebling.«

»Ich hatte schon den ganzen Tag über ein schlechtes Gefühl. Ich will das nicht noch einmal erleben.«

Eine Weile schwiegen sie und lauschten dem selbstbewussten Vortrag eines anderen Schülers, der den Stimmbruch bereits hinter sich hatte. »Franklin Delano Roosevelt entwickelte zahlreiche Lösungsansätze für die wirtschaftlichen Probleme des Landes…«

»Bobby Hoffman«, meinte Ty. »Aus der neunten Klasse. Er klingt gut, aber er ist dumm. Letztes Jahr wurde er vorübergehend vom Unterricht suspendiert, weil er sich ein Referat komplett aus dem Internet besorgt hatte.« Ty seufzte. »Aber er klingt *wirklich* gut. Er macht einen guten Eindruck, und ich bin eine Katastrophe.« Er blickte seine Mutter an. »Nie wieder, okay?«

»Darüber sollten wir uns ein andermal unterhalten. Das ist nichts anderes, als wenn du vom Fahrrad gefallen wärst. Dann hast du auch keine Lust, gleich wieder aufzusteigen.«

»Es ist mir ernst«, sagte er mit erhobener Stimme.

»Wir unterhalten uns später.« Sie reichte ihm die CDs. »Hier, die sind für dich.«

Er schaute sie sich an. »Danke. Wo ist Dad?«

»Du weißt doch, er arbeitet auf dieser Baustelle in Poughkeepsie…«

Ty nickte mit ausdrucksloser Miene.

»Er bekommt den anderthalbfachen Lohn. Das bedeutet ihm eine Menge.«

»Bleibt er am Wochenende dort?«

»Ja.«

Tys Gesicht straffte sich, als er sich bemühte, seine Gefühle zu verbergen. »Ist schon okay.«

»Aber er will nächstes Wochenende mit dir zelten fahren.«

»Nächstes Wochenende hab ich keine Ferien.«

»Ach? Dann nimmst du dir eben ein paar Tage frei. Keine große Sache. Du hast es verdient.«

Ty rang sich ein Lächeln ab, dann, als sich eine Lehrerin näherte, straffte er sich. »Miss Rhoden«, flüsterte er. »Meine Klassenlehrerin.«

Sie nickte Ty zu, der angestrengt seine Turnschuhe musterte, dann wandte sie sich an Marisa. »Könnte ich Sie einen Moment sprechen, Ms. Ventura?«

»Natürlich.« Sie berührte Ty an der Schulter. »Ich bin gleich wieder da, Schatz.«

Marisa folgte der Lehrerin zu einem Tisch weiter hinten im Raum.

»Ich mache mir Sorgen, wir könnten zu viel Druck auf Ty ausüben«, begann Miss Rhoden.

»Druck? Sie meinen doch wohl nicht die Anforderungen im Unterricht.«

Die Lehrerin lächelte. »Bestimmt nicht. Ihr Sohn ist wahrscheinlich der intelligenteste Schüler, den ich in all den Jahren hatte. Vielleicht sogar zu intelligent. In seinem Jungenkörper wohnt der Verstand eines Erwachsenen, und dabei muss er Tag für Tag mit anderen Kindern zurechtkommen. Sie wissen wohl, dass er kaum Kontakte zu Gleichaltrigen hat?«

»Ja.«

»Er hat es nicht leicht. Seine Brillanz isoliert ihn. Ich weiß da keine Lösung.«

»Ich auch nicht«, sagte Marisa. »Ich kann ihm schließlich keine Freunde kaufen.«

»Er ist die Art Junge, der besser zurechtkommen wird, sobald seine körperliche Entwicklung die geistige einholt. Im Moment ist er ganz Verstandesmensch. Aber schon bald wird er kräftiger werden, größer, selbstsicherer.« Die Lehrerin legte Marisa leicht die Hand auf die Schulter. »Sie haben allen Grund, auf Ty stolz zu sein, Ms. Ventura. Er ist ganz etwas Besonderes. Aber weil er etwas Besonderes ist, hebt er sich von den anderen auch ab.«

»Ich weiß. Ich kann nichts weiter tun, als ihn lieb zu haben und ihm zur Seite zu stehen.« Marisas Augen füllten sich mit Tränen.

»Das sollten wir alle tun«, meinte Miss Rhoden.

Als Marisa sich wieder Ty zuwandte, hatte er den Kopfhörer aufgesetzt und war ganz versunken in das Stück ›Question‹ von seiner neuen Moody-Blues-CD. Er war jetzt glücklich. Er war nicht mehr in der Schule. Er war eine Million Meilen von ihr entfernt.

6

Am Samstagmorgen wollte Ty nicht aufstehen. Er brummelte, es sei Wochenende und sein gutes Recht, lang zu schlafen. Außerdem habe er Hausarbeiten auf, müsse eine Buchzusammenfassung schreiben und wolle sich die Tapes anhören.

»Tut mir Leid, Kleiner«, sagte Marisa und zauste ihm das Haar. »Du verbringst das Wochenende im Beresford. Wird mal eine nette Abwechslung für dich sein, okay? Du kannst sowieso nicht zu Hause bleiben, weil Grandma und Abuela für heute und morgen etwas vorhaben.«

»Ich bin alt genug, um allein bleiben zu können.«

»Aufstehen, junger Mann«, sagte sie und versetzte ihm einen aufmunternden Klaps, »sonst werd ich ungemütlich. Zehn Minuten für die Dusche, dann mach ich dir Frühstück, und um acht sind wir hier weg.«

Als sie am Beresford eintrafen, kam Marisa an den beiden Verkäuferinnen des Valentino-Shops in der Lobby vorbei. Sie machten gerade auf.

»Alles okay, Michelle? Frannie?«

»Hi, Marisa«, sagte sie. Frances kniff Ty in den Arm. »Hallo, Schlauberger.«

Er reagierte nicht. Marisa nahm ihm den Kopfhörer ab. »Ty – Frannie redet mit dir.«

»Was? Oh, hallo, Frannie.«

Marisa zuckte mit den Schultern. »Eines Tages werden ihm noch Kopfhörer aus dem Schädel wachsen.«

Im Kellergeschoss des Hotels warf Marisa einen Blick in das Kabuff der Näherin. Lily beugte sich bereits über die Nähmaschine.

»Lily«, meinte Marisa neckisch, mit einer Art Singsang. »Wir sind da-aaa.«

Das koreanische Mädchen blickte lächelnd auf. »Leistest du mir heute Morgen Gesellschaft, Ty? Ich hoffe doch sehr. Sonst wird's mir hier drin so einsam. Immer nur nähen und zuschneiden. Ein bisschen Unterhaltung könnte ich gut gebrauchen.«

Marisa packte seinen Rucksack aus. »Er hat genug Sachen dabei, um sich zu beschäftigen, nicht wahr, Ty? Er wird dir nicht zur Last fallen.« Sie hängte seine Jacke an die Garderobe.

»Ty fällt mir nie zur Last.«

»Komm mal her, Ty«, sagte Marisa. »Du hast da was im Gesicht.«

Ty wich verlegen vor ihr zurück. »Ich bin nicht in der Stimmung, Ma.«

Marisa nickte. »Oooooh-kay. Der Junge ist nicht in der Stimmung. Ich bin im zweiundzwanzigsten Stock, falls was ist, Lily. Wir sehen uns zum Mittagessen, Ty. Sei ein braver Junge.«

Er nahm seinen CD-Player.

»Hey…«

Er schaute hoch.

»Alles in Ordnung?«

»Yo. Ich bin cool.«

»Es tut mir wirklich Leid.«

»Ist ja nicht deine Schuld.«

»Deinem Dad tut es auch Leid«, sagte sie.

»Das stimmt nicht.«

»Doch, wirklich, Ty. Du irrst dich. Er hat gestern Abend angerufen, großes Ehrenwort. Du hast schon geschlafen. Er hat sich mir gegenüber sogar entschuldigt – wie findest du das?«

»Er hat angerufen?«

»Ja. Also sieh's ihm nach, okay?«

Er lächelte und wehrte sich nicht, als sie ihn umarmte.

»Ich hatte einen richtig guten Vortrag vorbereitet«, sagte er, »obwohl ich ihn vermasselt hab.«

»Das weiß ich doch. Einen irre guten Vortrag.«

»Ich hab dich lieb, Ma.«

»Ich dich auch.«

Lily lächelte vor sich hin, den Blick auf die Nähmaschine gesenkt.

Marisa gesellte sich zu den anderen Zimmermädchen in der Materialausgabe, wo sie ihre Wagen beluden und schnatterten wie ein Schwarm Elstern. Stephanie sagte zu Marisa: »Weshalb so düster? Du siehst aus, als wär deine beste Freundin gestorben, dabei weiß ich doch, dass es nicht stimmt, denn sie steht neben dir.«

»Is schon okay.«

»Wie ist Tys Vortrag gelaufen?«

»Gar nicht gut.« Marisa erzählte ihr alles, während sie ihren Wagen voll packte.

»Typisch Marcus. Was für ein Arschloch.«

»Du solltest öfters ausgehen, Mädel«, warf Clarice ein.

»Ja«, meinte Stephanie. »Du bist so zugeknöpft. Wegen dir mach ich mir Sorgen.«

»Mit mir ist alles okay.«

»Du könntest mich Freitag Abend ins Nick's begleiten.«

Marisa schob ihren Wagen den Flur entlang, gefolgt von Stephanie und Clarice. »Keine Lust«, antwortete sie und drückte die Ruftaste des Aufzugs.

»Wir brauchen Spaß im Leben«, beharrte Stephanie. »Sei mal spontan. Lass die Röcke tanzen.«

Marisa musterte sie verdutzt. »Heißt das nicht ›die Puppen tanzen lassen‹?«

»Röcke, Puppen, egal. Ich meine bloß, du solltest mal aus dem üblichen Trott ausscheren.«

»Da bin ich ganz deiner Meinung, Schwester«, sagte Clarice.

Marisa verdrehte die Augen. »Ihr habt beide keine Kinder. Ihr wisst nicht, was Verantwortung bedeutet.«

»Ich weiß bloß, man lebt nur einmal«, sagte Stephanie. »Und du lebst nicht, Puppe. Also am Freitag bei Nick's.«

»Nein.«

»Du weißt nicht, was dir da entgeht.«

»Kann sein. Aber vielleicht ist es mir ja auch egal.«

»Was machst du in der Mittagspause?«

»Ty ist bei Lily. Ich hab ihm gesagt, ich würde ihn abholen und mit ihm ein Sandwich essen.«

»Ich hab eine bessere Idee. Ich hab mir gedacht, wir könnten vielleicht mit den Expedienten einen Happen essen. Ein warmes Mittagessen, weißt du, was ich meine?«

»Tut mir Leid, Steph, ich kann nicht. Ich habe nicht vor, Ty den ganzen Tag bei Lily zu lassen.«

»Das ist doch bloß 'ne Ausrede. Du willst niemanden kennen lernen. Was stimmt eigentlich nich mit dir? Warum muss es gleich für immer sein, wenn du dich mit 'nem Mann einlässt? Du bist alt genug, um zu wissen, dass nichts falsch daran ist, mal ohne Verpflichtungen seinen Spaß zu haben.«

»Es gibt einen Unterschied zwischen ›immer‹ und ›Tut mir Leid, aber ich hab deinen Namen nicht mitbekommen‹. Außerdem habe ich Ty etwas versprochen, und er hat ein Problem mit Leuten, die ihre Versprechen nicht halten.«

Stephanie nickte; da musste sie Marisa Recht geben. »Ja, ich weiß, was du meinst. Er is wirklich 'n toller Bursche.«

»Das stimmt. Der Beste.«

Wie sie so die Wagen über den Flur schoben, trat Caroline Lane aus der Park-Suite, blieb unmittelbar vor Marisa stehen und verstellte ihr den Weg.

»Entschuldigung, sind Sie nicht das Zimmermädchen, das gestern bei mir sauber gemacht hat?«

»Ja, Ma'am.«

»Ausgezeichnet. Sie könnten mir einen Gefallen tun, wenn es Ihnen nichts ausmacht. Ich bin in Eile wegen einer Verabredung zum Mittagessen, sonst würde ich's selbst tun. Sie waren gestern so reizend.«

»Danke.«

»Würde es Ihnen was ausmachen, die Sachen im Schrank in die Boutique in der Lobby runterzubringen?«

Nach einem kaum merklichen Zögern nickte Marisa.

»Danke, danke, *danke*. Sie haben mir soeben das Leben gerettet.«

Caroline Lane machte auf dem Absatz kehrt und wandte sich zum Aufzug.

»Wer war denn das?«

»Die Göttin der Park-Suite. Weißt du, Steph, eigentlich habt ihr beide eine Menge gemeinsam.«

»Ach ja? Warum trage ich dann diesen Kittel?«

»Ist doch niedlich«, sagte Marisa. Sie hielten vor der Park-Suite an, und Marisa holte den Generalschlüssel heraus. »Ich wollte damit bloß sagen, sie geht schon eine ganze Weile mit ihrem Freund aus, und er hat sie noch immer nicht…«

»Gevögelt?«, fiel Stephanie ihr ins Wort. »Dann wären wir wirklich Zwillinge. Ich weiß nicht mal mehr, wann ich es zum letzten Mal getan habe.«

Marisa schüttelte den Kopf und verdrehte die Augen.

»Was? Was hast du, Prinzessin Rührmichnichtan?«

»Ach, geh! Du bist fies, Steph. Was ihr beide gemeinsam

habt, das ist, dass er sie noch nicht gefragt hat, ob sie ihn heiraten will.«

»Das kommt mir leider sehr bekannt vor.«

»Kommst du mit rein?« Sie schloss auf und betrat die Suite.

»Gleich hinter dir«, sagte Stephanie.

Marisa begann, das Bett zu machen, während ihre Freundin umherging und sich Carolines Sachen besah, sie hochhob und wieder zurückstellte, wobei sie die ganze Zeit vor sich hin murmelte.

»Das is der Unterschied zwischen mir und der Göttin. Nach allem, was du mir von ihr erzählt hast, versucht sie, ihn mit allerlei Tricks dazu zu bringen, dass er sie heiratet.«

Marisa blickte vom Laken auf, das sie soeben untergeschlagen hatte. »Und was machst du?«

»Ich arbeite hart, um Geld zu verdienen. Wo wir gerade davon sprechen, hast du schon die Bewerbung eingereicht? Die Bewerbung für eine Stelle im Management?«

»Ist in meinem Spind. Ich muss sie noch fertig ausfüllen.«

»Aber du hast doch noch nich mal angefangen.«

»Glaub, was du willst.«

Marisa bemerkte, dass Stephanie Caroline Lanes Kleiderschrank Stück für Stück inspizierte. Sie öffnete die Reißverschlüsse der Dolce-Kleidersäcke.

»He, Steph, was machst du da? Das ist verboten.«

»Dolce. Hm, hübsch.«

»Verschwinde. Willst du, dass ich Ärger kriege?«

»Bloß mal ein bisschen gucken. Was ist denn schon dabei?« Sie nahm ein komplettes Outfit aus dem Schrank: einen dreiviertellangen weißen Kaschmirmantel mit dazu passender Hose und Rollkragenpulli. Liebevoll streichelte sie über den Stoff, stolzierte im Zimmer auf und ab wie ein Model. »Hallooo«, säuselte sie. »Und jetzt, meine Damen, sehen Sie…«

Marisa trat hinter sie und zog den Reißverschluss nervös wieder zu. »Hör auf, Mädchen, es reicht. Du machst mir Angst.«

»Fühl mal den Stoff, Maris. Butterweich.«

Marisa sah aufs Preisschild. »Du meine Güte. Fünftausend Dollar!«

»Ich weiß – für ein einziges Outfit. Außerdem ist es unpraktisch. Ich meine, wie soll man das auch nur eine Minute lang sauber halten…« Sie zuckte mit den Schultern.

»Scotch Guard.«

»Aber fünftausend Dollar! Diese Weiber sind verrückt.«

»Das kann man wohl sagen. Für die hat Geld eine ganz andere Bedeutung als für uns.«

Stephanie hielt Marisa den Pulli an, legte den Kopf schief und blinzelte anerkennend.

»Was machst du denn jetzt schon wieder, du verrücktes Huhn?«

»Das ist Größe sechs. Genau deine Größe.«

»Ja, und?«

»Die Schuhe passen auch – Größe neun. Perfekt.«

»Ich hab siebeneinhalb.«

»Das heißt, du hast Größe acht, mindestens acht. Zieh dazu Tennissocken an, und du kannst damit ausgehen.«

»Okay, es reicht. Pack die Sachen wieder ein.«

»Erst wenn du sie anprobiert hast. Die sind wie für dich gemacht, Maris. Ganz ehrlich.«

»Ich kann doch nicht ihre Sachen anprobieren. Bist du verrückt?«

»Die gehören ihr nicht. Die gehen zurück an Dolce. Sie will sie nich haben. Is es nicht wundervoll, dass Kleider nicht sprechen können? Sie können keine Geheimnisse verraten.«

»Was redest du denn da? Du hast den Verstand verloren.«

»Komm schon, Marisa. Trau dich.«

»Komm schon, *was?*«

Stephanie hielt ihr die Sachen hin. »Marisa Ava Maria Ventura, wann bietet sich dir schon mal eine Gelegenheit, Fünftausend-Dollar-Klamotten anzuprobieren? Ich schätze, bloß einmal im Leben – und zwar jetzt. Mach schon – es ist an der Zeit, mal zu fühlen, was die oberen Zehntausend fühlen.«

Ty wurde allmählich unruhig. Er legte das Buch weg, streckte sich, ging an der ganz in ihre Arbeit vertieften Lily vorbei und trat aus dem Laden. Die Welt des Beresford bot sich seinen Augen ganz anders dar als seiner Mutter oder seinem Vater. Sie sahen den Luxus der Privilegierten; alles erinnerte sie an die sozialen Unterschiede zwischen ihnen und den Gästen, die diese unglaublich luxuriösen Suiten bewohnten. Für Ty hingegen war das Beresford ein exotisches, unbekanntes Wunderland – fremde Gesichter, ungewohnte Kleider, unbekannte Sprachen. In Tys Wahrnehmung nahm die Welt des Beresford keine Sonderstellung auf einer gesellschaftlichen Skala ein; sie war einfach anders und daher aufregend. Er kam sich vor wie ein Lepidopterologe – er liebte das Wort –, der unbekannte Schmetterlingsarten erforschte. Während er umherstreifte und die ungewohnten Eindrücke auf sich wirken ließ, stellte er sich vor, er sei unsichtbar.

Er stieg in den erstbesten Aufzug ein, stellte sich auf die Zehenspitzen und drückte den Knopf für den zweiundzwanzigsten Stock. Allerdings drückte er den Knopf nicht deshalb, weil seine Mutter dort arbeitete, sondern weil es die Penthouse-Etage war – höher ging es nicht hinauf, außer mit dem letzten Aufzug, der aufs Dach führte. Ty machte es einen Riesenspaß, mit dem Lift rauf und runter zu fahren. Wenn er Marisa im Beresford besuchte, fuhr er manchmal stundenlang Aufzug; auf diese Weise konnte er die Menschen am besten beobachten –

Ankommende und Abreisende, fein Zurechtgemachte und solche in Trainingssachen. Ty, der Erforscher eines fremden Landes.

Jerry Siegel schritt in der York-Suite auf und ab, während er mit Christopher Marshall den Terminplan des Tages durchging. Der Abgeordnete wirkte verschlafen und gelangweilt. Rufus rieb sich an seinem Bein, und er kraulte den Hund geistesabwesend unter der Schnauze.

»In etwas über einer Stunde findet unten ein Essen einer Wählerinnenvereinigung statt. Wir sollten mal vorbeischauen.«

Marshall warf ihm einen scharfen Blick zu. »Du meinst, wir legen mal eben einen Boxenstopp ein, wie?« Er gähnte.

»Ah, wie ich sehe, sind Euer Hoheit heute gut gelaunt.«

»Warum auch nicht, Jer? Schließlich leistest du mir Gesellschaft. Kann man denn mehr verlangen?«

»Diese Bemerkung hab ich nicht gehört.« Siegel schaute in seine Notizen. »So... die Vereinigung. Wir machen's kurz und sind gleich wieder weg. Mit einer humorvollen Bemerkung.«

Marshall kraulte Rufus hinter den Ohren und starrte seinen Berater unverwandt an. »Ich würde dir gern eine Frage stellen«, sagte er. »Und ich möchte eine ehrliche Antwort hören, okay?«

»Schieß los.«

»Sehe ich so dämlich aus, wie ich mich fühle?«

»Nein...« Siegel wirkte verwirrt. »Eine Scherzfrage, oder? Ich meine, was soll das denn für eine Frage sein? Du bist nicht dämlich. Was redest du denn da?«

Marshall erhob sich. »Komm, Rufus. Gehen wir.«

»Warte, Chris«, sagte Siegel. »Wir müssen noch ein paar Punkte durchgehen.«

»Mein Hund hat Wichtigeres zu erledigen.«

Gefolgt von Siegel traten Herr und Hund auf den Flur. Marshall nahm Rufus an die Leine, schlenderte in die Halle und drückte die Ruftaste des Aufzugs.

»Gibt's ein Problem mit dem Damenlunch? Was hast du eigentlich? Das ist ein kluger Schachzug, der uns nichts kostet. Rein und raus, wie ich schon sagte.«

»Ich habe ein Problem damit, Victor Delgado die Schau zu stehlen – erinnerst du dich an den? Das ist der Typ, der gegen mich für den Senat kandidiert. Derselbe Typ, der, wie mir gerade einfällt, ebenfalls bei dem Essen da unten sprechen soll.«

»Erst um ein Uhr dreißig«, meinte Siegel rasch. »Der Plan sieht folgendermaßen aus: Wir springen rein, sagen hallo, und wenn wir rausgehn, ist kein Platz trocken geblieben.« Er lachte kurz auf. »Wenn der Abgeordnete wieder geht, haben alle feuchte Höschen.«

Marshall schüttelte langsam den Kopf. »Du bist mir schon einer, mein Freund.«

»Glaub mir, wenn du die Damen erst mal mit deinem Marshall-Charme bearbeitet hast, wird Delgado aussehen wie ihr erster Ehemann.«

»Jetzt hör *du* mir mal zu. Bewegen sich meine Lippen, wenn ich rede? Manchmal habe ich nämlich das Gefühl, ich lebte in einer Grauzone, wo ich schreien kann, so viel ich will, aber niemand hört mich.«

»Ich höre dich sehr gut, Chris, ich versteh dich bloß nicht. Du errichtest eine Straßensperre nach der anderen – Bedenken und noch mal Bedenken, moralische Skrupel wegen nichts. Willst du Senator von New York werden? Dann musst du dich an die Spielregeln halten.«

»Oh, ich spiele ja, Jer. Aber nicht nach deinen Regeln.«

»Hör mal, mein Freund, ich hab sie nicht verfasst. Ich wette, die gibt es schon seit George Washington. Bitte tu mir einen Gefallen. Ich weiß, es widerspricht deinem Sinn für Fairness, aber ich will, dass du die Wahl gewinnst, und zwar unbedingt. Leicht wird es nicht werden. Überleg dir noch mal, ob du zum Lunch gehen willst, und lass dir auch noch mal die Sache mit Maddox' Benefizveranstaltung am Montag durch den Kopf gehen.«

Marshall klopfte Siegel auf die Schulter. »Du lässt einfach nicht locker, stimmt's?«

»Deshalb hast du mich ja eingestellt. Also, Mann, wo liegt das Problem? Du gehst zu beiden Veranstaltungen – guten Tag und auf Wiedersehn, ein paar Hände schütteln und ein paar Küsschen, dann verschwindest du wieder. Dauert höchstens eine halbe Stunde. Das ist ein Freilos für uns.«

»Definier mal frei.«

Die beiden Männer und der Hund traten in den Aufzug. Ty, der an der Rückwand lehnte, erkannte den groß gewachsenen, blonden Abgeordneten auf Anhieb. Seltsam, dachte er, was manche Leute als Zufall bezeichnen, ist für andere Schicksal. Der Mann war gestern in seiner Schule gewesen, und jetzt fuhren sie gemeinsam Aufzug. Er drückte sich an die Wand des Aufzugs, versuchte, sich unsichtbar zu machen.

Siegel sagte: »Wusstest du, dass man seinen Hund jetzt ausführen lassen kann? Man gibt den Leuten Geld, dafür holen sie den Fifi ab. Verrückt, findest du nicht?«

»Entspann dich, Jerry. Dir stehen ja schon die Haare zu Berge.«

Siegel fasste sich an den Kopf, der nahezu kahl war. »Sehr komisch. Du bist ein richtiger Spaßvogel.« Gleichwohl musterte er sich ausgiebig im spiegelnden Glas.

Ty hatte angefangen, Rufus zu streicheln, und der Hund rieb sich an seinem Bein und verlangte nach mehr.

Marshall lächelte den Jungen an. »Was hörst du denn da?«, fragte er.

Ty nahm den Kopfhörer ab. »›Best of Bread‹«, antwortete er.

»›Best of Bread‹? Hab gar nicht gewusst, dass es von denen eine ›Best of‹ gibt.«

Ty erwiderte sein Lächeln. »Ist nicht gerade typisch für meine Altersklasse, ich weiß. Aber ich mag die Gruppe sehr.«

Marshall musterte den Jungen aufmerksam. »Nicht typisch für deine Altersklasse. Wie alt bist du denn?«

»Zehn.«

»Wie heißt du?«

»Ty.«

»Freut mich, dich kennen zu lernen, Ty. Ich heiße Chris.«

»Ich hab eine große Klappe«, warf Siegel ein, »und bin niemand Bestimmtes. Bloß jemand, der sich Gehör zu verschaffen sucht.«

Ty blickte Siegel überrascht an, dann wandte er sich an Marshall. »Ich weiß, wer Sie sind.«

»Tatsächlich? Was weißt du denn über mich?«

»Also, ich weiß, dass Sie Abgeordneter sind. Ich weiß, dass Sie für den Senat kandidieren. Und ich kenne Ihre bisherigen Wahlergebnisse und weiß, dass Sie sich konsequent für Umweltthemen einsetzen.«

»Ich unterbreche euch nur ungern, aber…«

»Dann lass es sein«, sagte Marshall. »Jetzt nicht, Jerry.« Er wandte sich wieder an Ty. »Red weiter. Du wolltest gerade sagen…«

»Und… ich weiß, dass Ihnen Ihr Dad fehlt.«

Marshall war mittlerweile fasziniert von diesem eigenartigen, offenbar hoch intelligenten Jungen. »So. Und woher weißt du das?«

»Warum auch nicht?«, meinte Siegel, verärgert über diese seiner Ansicht nach überflüssige Unterhaltung mit einer Person, die zudem noch nicht einmal das Wahlrecht hatte.

»Manchmal fehlt mir mein Dad auch«, sagte Ty zu Marshall.

»Herrgott nochmal – kann ich mal was sagen?«, meinte Siegel.

»Ist dein Vater im Himmel?«, fragte Marshall, ohne seinen Berater zu beachten.

»Nein«, antwortete Ty. »In Poughkeepsie.«

Marshall musste über die Antwort des Jungen lächeln, Siegel nicht.

»Sind Sie Republikaner?«, fragte Ty.

»Ja.«

»Weshalb fragst du?«, meinte Siegel misstrauisch.

»Richard Nixon war auch Republikaner.«

»Und?«

»Er hat gelogen«, sagte Ty.

Siegel ging vor Ty in die Knie und bombardierte ihn auf Augenhöhe mit Fragen.

»Was meinst du damit?«

»Mit meiner Bemerkung über Nixon?«

»Ja.«

Ty wand sich. »Nichts.«

»Von wem hast du das?«

»Von niemandem.«

»Von welcher Zeitung bist du?«

»Ich bin zehn.«

»Was ist mit deinen Eltern – sind sie Demokraten oder Republikaner?«

Ty überlegte einen Moment. »Welchen Unterschied gibt's da heute noch?«

Diese Antwort verschlug Siegel zunächst einmal die Sprache; er musste einen Moment überlegen, wie er fortfahren sollte.

»Für wen haben deine Eltern bei der letzten Wahl gestimmt?«

»Sie gehen nicht zur Wahl.«

»Warum nicht?«, schnappte Siegel.

»Mein Vater hält alle Politiker für Verbrecher, und meine Mom meint, die meisten wären Heuchler, die nicht einmal dann die Wahrheit erkennen würden, wenn sie ihnen die Eier abbeißen würde.«

Marshall lachte aus vollem Halse. »Jerry, der Junge gefällt mir.«

»Was gefällt dir eigentlich nicht?«

Sie traten mit Rufus in die Hotellobby hinaus, und Ty blickte schüchtern zu Marshall auf. »Wo gehen Sie hin?«, fragte er.

»Mit Rufus spazieren«, antwortete Marshall.

»Chris, mach's kurz, okay? Wir haben einiges vor heute Morgen. Zehn Minuten, einmal pinkeln.«

»Wenn meine Mom es mir erlaubt, darf ich dann mitkommen?«, wandte Ty sich an Marshall.

»Klar. Wo ist sie denn?«

»Im zweiundzwanzigsten Stock. In der Park-Suite.«

»Schade, mein Junge«, sagte Siegel. »Er hat's eilig.«

»Falsch, Jerry. Rufus hat es eilig. Ich nicht.«

»Um Himmels willen«, stammelte Siegel. »Was soll denn das? Bist du gerade auf dem Regressionstrip, oder was?«

»Hier, nimm du ihn«, sagte Marshall und reichte ihm die Leine.

»*Was?*« Siegels Gesicht erschlaffte vor Bestürzung und Gekränktsein. »Ich führe keine Hunde aus.«

»Ab jetzt schon, Jer. Bis gleich.« An Ty gewandt fuhr er fort: »Ich komme mit dir hoch. Ich hab seinen Ball vergessen. Guck mal, er lässt schon den Schwanz hängen.«

»Komm schon, Chris!«, schrie Siegel. »Seit wann stehst du denn auf Schwänze?«

Marshall musterte ihn mit undurchdringlicher Miene, dann setzte Siegel hinzu: »War bloß ein Scherz.«

Im zweiundzwanzigsten Stock ging Marshall zur York-Suite, während Ty sich nach links wandte und an der Tür der Park-Suite klopfte.

»Warte mal…« Er erkannte Stephanies Stimme, dann hörte er aufgeregtes Geflüster. In dem Moment, als Stephanie die Tür öffnete, kam Marshall herbeigeschlendert und warf spielerisch einen Ball in die Luft. »Das ist Rufus' Lieblingsspielzeug«, sagte er zu Ty.

Das Zimmermädchen in der offenen Tür starrte ihn an.

»Hallo«, sagte sie lächelnd.

»Hallo«, erwiderte er mit einem freundlichen Lächeln.

»Hallo«, wiederholte sie. Ty erkannte ihre Stimme kaum wieder, so einschmeichelnd klang sie auf einmal. Nach kurzem Zögern rief sie: »Für Sie, Ma'am.«

»Was redest du denn da?« Marisa blickte zur Tür, dann erstarrte sie. Ty trat grinsend ins Zimmer, gefolgt vom Abgeordneten Christopher Marshall. Sie wusste, dass sie in dem weißen Ensemble von Caroline Lane hinreißend aussah, doch damit war ihr im Moment auch nicht geholfen. Ihr fiel einfach keine passende Bemerkung ein. Ihr Kopf war ganz leer. Ty sollte eigentlich im Souterrain bei Lily sein. Was zum Teufel machte er auf dieser Etage, ausgerechnet in Begleitung von Christopher Marshall, und was machte sie da in den Sachen einer anderen Frau? Sie fühlte sich wie in einem Traum. Wie in einem Albtraum.

»Hi, Ma. Das ist Chris. Er hat einen großen grauen Hund, ein richtig lieber Kerl – und wenn du nichts dagegen hast, gehe ich mit ihnen spazieren. Okay?«

»Hallo«, sagte Marshall, ganz hingerissen von der wunderschönen, dunkelhaarigen, ganz in Weiß gekleideten Frau.

»Hi«, brachte Marisa mühsam heraus.

»Also?«, fragte Ty.

»Ich weiß nicht…«

»Denk dran«, meinte Ty drängend, »ich bin noch ein Kind und brauche möglichst viel frische Luft. Du sagst immer, die wär wichtig für mein körperliches und seelisches Wohlbefinden.«

»Also…«

»Komm schon, Ma. Ein kleiner Spaziergang.«

Sie fühlte Christopher Marshalls Blick auf sich ruhen, spürte die Leidenschaft darin und traute sich nicht, ihn anzusehen.

In diesem Moment trat er einen Schritt vor. Er reichte ihr die Hand, und sein Lächeln – jetzt endlich musste sie ihn ansehen – war bezaubernd. Ein wohlgeformter Mund, weiße Zähne, wunderschöne blaue Augen, humorvoll und intelligent. Allein mit dem Blick kriegt er jede rum, dachte sie.

»Chris Marshall«, sagte er.

Sie setzte gerade zu einer Erwiderung an, als Stephanie auf einmal einwarf: »Miss Lane. Darf ich Ihnen den Mantel reichen?«

Marisa musterte sie verblüfft. »Was hast du gesagt?«

»Ihren Mantel, Ma'am. Um diese Jahreszeit ist es draußen ungemütlich.«

Marisa starrte sie unverwandt an. Sollte sie sich auf dieses Spiel einlassen? Es war falsch, alles in ihr sträubte sich dagegen. Was hatte Stephanie eben noch gesagt? *Es ist an der Zeit, mal zu fühlen, was die oberen Zehntausend fühlen…*

»Wollten Sie sich nicht ein wenig die Beine vertreten?« Stephanie blickte sie auffordernd an. Ihre Augen funkelten vor Mutwillen.

»Nein, ich glaube nicht…«

»Wenn Ihr Gatte nichts dagegen hat«, sagte Marshall.

»Sie ist nicht verheiratet«, sagte Ty, noch immer grinsend. Er genoss das Drama, das sich vor seinen Augen abspielte; immerhin lenkte es ihn von seinen Schulsorgen ab.

»Ty!«

»Dann bestehe ich darauf«, sagte Marshall. »Begleiten Sie uns. Falls es Ihre Zeit denn erlaubt.«

»Danke, aber ich muss... ich habe sehr viel zu tun.« Wie zum Beispiel Zimmer sauber machen, dachte sie. Mein Gott, wieso klärst du die Verwechslung nicht einfach auf, bevor es noch weiter geht? Was stimmt nicht mit dir, Mädchen? Was machst du da?

Stephanie nahm einen weißen Mantel aus dem Schrank und legte ihn ihr um die Schultern.

»So, Miss Lane.« Sie beugte sich vor und drückte das Preisschild ins Futter. Durch die offene Tür sah sie John Bextrum, den Hotelmanager, der sich zielstrebig der Suite näherte. Sie nahm eine Sonnenbrille vom Dielentisch und reichte sie Marisa. »Die werden Sie brauchen.« Marisa, der Stephanies drängender Tonfall nicht entgangen war, setzte sie eilig auf. »Bextrum«, flüsterte Stephanie ihr zu, mit dem Rücken zu Marshall. In normaler Lautstärke fügte sie hinzu: »Es ist hell draußen.«

Marshall, Marisa und Ty gingen zu den Aufzügen. Dort trafen sie auf zwei ältere französische Damen – die französischen Pudel, dachte Marisa –, die sich angeregt unterhielten. Im nächsten Moment stürzte sich auch schon Bextrum auf sie, mit ausgestreckter Hand und grinsend gebleckten Zähnen. Er schüttelte Marshall die Hand, während Marisa sich zu Ty hinunterbeugte, an seinem Hemd zupfte und ihr Gesicht zu verstecken versuchte.

»Das macht Spaß«, flüsterte Ty.

»Sei cool«, sagte sie.

Bextrum rang salbungsvoll die Hände. »Mr. Marshall, John Bextrum, der Hotelmanager. Darf ich Ihnen zum Verscheiden Ihres Vaters mein Mitgefühl aussprechen? Wir alle hier im Beresford haben ihn als Teil unserer Familie betrachtet – er ist so oft bei uns abgestiegen, wissen Sie.«

»Sehr freundlich von Ihnen.«

»Ich hoffe, das Beresford wird auch Ihre zweite Heimat.«

Marshall lächelte, ohne etwas zu erwidern.

Als der Aufzug im zweiundzwanzigsten Stock hielt, traten Mr. Lassiter, seine Frau und seine Kinder heraus. Marisa wandte sich ab, um ihr Lächeln zu verbergen. Mr. Peter Lassiter, der berüchtigte Romeo, dessen Geliebte gestern die Madison-Suite demoliert hatte, und da stand er auf einmal schwitzend und ganz rot im Gesicht vor ihr. Er wirkte gar nicht glücklich.

Mrs. Lassiter sagte: »Ich habe gestern und vorgestern Abend versucht, dich anzurufen. Du hast nicht auf den Piepser reagiert.«

»Ach, wirklich? Ich habe die Nachricht nicht erhalten.«

Das jüngere der beiden Kinder, ein flachsköpfiger, etwa achtjähriger Junge, plärrte: »Wir wollen nach Niketown! Wir wollen nach Niketown!«

»Herrgott nochmal«, zischte Lassiter. Er sah wirklich elend aus.

Geschieht ihm recht, dachte Marisa. Die Maus lässt eben das Mausen nicht.

Die französischen Pudel traten als Erste in den Aufzug, gefolgt von Marisa, Ty und Marshall. Als Letzter zwängte sich noch Bextrum hinein, dann schloss sich die Tür. Während der Lift nach unten fuhr, musterten Monique und Anouk, die beiden Pudel, Marisa mit ihren Knopfaugen. Sie unterhielten sich auf Französisch.

»*Ein wunderschönes Ensemble. Wie hält sie das bloß sauber?*«

»*Scotch Guard.*«

»Glaubst du, das ist seine neue Freundin?«

»Für eine Nacht.«

»Sie ist hübsch, wenn einem der Typ gefällt. Ein bisschen billig, würde ich sagen.«

»Ja, und nicht mehr die Jüngste. Anscheinend eine Latino. Oder aus dem Mittelmeerraum.«

»Das, was man als Eurotrash bezeichnet?«

»Genau.«

Sie lachten schnaubend. Marshall wandte sich lächelnd zu ihnen um und sagte in tadellosem Französich, mit kaum merklichem amerikanischem Akzent: *»Vielleicht möchten Sie sich uns anschließen?«*

Monique erbleichte. *»Weshalb kümmern Sie sich nicht um Ihren eigenen Kram?«*

»Tun Sie das denn, Madame?«

Anouk hingegen lächelte Marshall kokett an. *»Sie sprechen ein ausgezeichnetes Französisch, eine Seltenheit in diesem Land. An welcher Universität haben Sie es gelernt?«*

»In den Pariser Cafés«, entgegnete er.

Der Fahrstuhl hielt, die Tür öffnete sich mit einem *Pling!* Als er in die Lobby hinaustrat, hob Marshall leicht die Hand.

»Au revoir«, sagte er.

»Cochon«, knurrte Monique.

Anouk lächelte Marshall an und erwiderte seinen Abschiedsgruß mit einem koketten Winken. *»Au revoir«*, flötete sie.

»Worum ging es denn?«, fragte Marisa, als sich die beiden Pudel entfernten.

»Sie meinten, Sie sähen hinreißend aus.«

»Die mit den Pausbacken wirkte irgendwie verärgert.«

»Das ist halt ihre Art.«

Marisa und Marshall wirkten elegant, als sie durch die große

Lobby schritten, in ein paar Schritten Abstand gefolgt von Ty. Man sah ihnen nach, und es wurde hinter vorgehaltener Hand getuschelt.

John Bextrum beeilte sich, zu ihnen aufzuschließen. »Bitte entschuldigen Sie, Miss…«

Marisa erstarrte, Ty ebenfalls; sein Lächeln verflüchtigte sich.

»Sie haben Ihr Kopftuch verloren, Madame.«

Marisa nickte, ohne ihm in die Augen zu sehen. Er reichte ihr das Tuch, sie bedankte sich halblaut, steckte es in die Tasche und eilte durch die Lobby des Beresford zum Ausgang.

7

Vor dem Hotel führte Rufus eher Jerry Siegel aus als umgekehrt. Siegel taumelte, so kräftig zerrte der große Hund an der Leine. Als er angesprochen wurde, wäre er am liebsten im Erdboden versunken. Auf der Liste der Leute, die er in diesem Moment auf keinen Fall treffen wollte, stand Blanton Maddox ganz oben.

»Siegel. Jerry Siegel – sind Sie's wirklich?« Maddox, ein Bär von einem Mann mit schneeweißem Haar und einem geröteten Gesicht, das er dem jahrelangen Whisky-Konsum von 12 Jahre altem Jameson zu verdanken hatte, war vor dem viel kleineren Siegel stehen geblieben.

Siegels Lächeln fiel etwas gezwungen aus. »Bei Fuß, oder ich bring dich um«, sagte er halblaut zu Rufus. »Hey, Blanton. Die Welt ist klein, nicht wahr?«

Hinter Maddox tauchte Victor Delgado auf, Marshalls Mitbewerber um den Senatssitz. Er war Anfang fünfzig und drahtig, fast mager. Täglich spielte er zwei Stunden lang Tennis und stemmte Gewichte. Sein Gesicht aber verriet sein Alter: Es wirkte zynisch und verschlagen, und seinem Lächeln gelang es nicht, den Eindruck zu mildern.

»Sie kennen Victor Delgado?«, fragte Maddox. »Victor – Jerry Siegel, Chris Marshalls rechte Hand.«

Delgado lächelte kühl. »Sie führen auch den Haushalt?«

»Das ist gut, das ist wirklich gut«, meinte Siegel und lachte gezwungen.

»Ich wollte Victor gerade unser neues Gebäude in der Siebenundfünfzigsten zeigen«, sagte Maddox. »Möchten Sie mitkommen?«

»Danke, aber wir haben zu tun.«

Maddox warf einen Blick auf Rufus. »Das sehe ich.«

Als die beiden Männer weitergingen, sagte Delgado: »Vergessen Sie nicht, den Scheißhaufen aufzusammeln.«

Lachend verschwanden sie in der Menge.

Siegel beugte sich zu Rufus hinab und sagte mit gedämpfter Stimme: »Fass, Junge, fass!«

Als Marshall, Marisa und Ty sich dem auf die Lexington Avenue mündenden Ausgang des Beresford näherten, bemerkte Marshall: »Ich sollte Sie warnen. Es kann sein, dass draußen ein paar Fotografen stehen. Wenn Sie möchten, gehe ich vor, und wir treffen uns dann in der Neunundfünfzigsten Straße am Eingang zum Park.«

Marisa zeigte sich so lange unbeeindruckt, bis sie in den strahlenden Sonnenschein hinaustrat und die Paparazzi wie eine angreifende Armee auf sie zugestürzt kamen; sie hob überrascht die Hand, versuchte, das Blitzlichtgewitter abzuwehren. Sie schreckte zurück und zog Ty mit sich. »O mein Gott«, flüsterte sie.

Marshall berührte sie leicht am Arm, um sie zu beruhigen. »Ich kümmere mich darum. Gehen Sie zum Park. Ich hole Rufus und komme dann nach.« Er wandte sich an die Paparazzi und sprach ruhig mit ihnen, wobei er ein wenig seinen berühmten Marshall-Charme spielen ließ.

»Hat sie einen Namen?«, fragte ein junger Mann mit Bart, flachem Hut und zwei goldenen Ohrringen.

»Ja. Eine alte Bekannte, die nicht genannt werden will. Respektieren Sie das, dann gebe ich Ihnen eine Viertelstunde bei der Benefizveranstaltung am Montag. Abgemacht?«

»Sie bringen uns rein?«, hakte der junge Mann nach. »Ins Metropolitan?«

»So ist es.«

Marshall wandte sich zu einem älteren Mann um, ebenfalls Bartträger. »Bei freien Getränken?«

»Übertreiben Sie's nicht. Ich werde mein Bestes tun.«

Vom freudig hochspringenden Rufus gezogen, drängte Siegel in die Runde. »Chris, Chris – was machst du denn da?«

»Ich unterhalte mich mit meinen Freunden.« Er zwinkerte den Paparazzi zu, dann nahm er Siegel beiseite. Er tätschelte Rufus den Rücken und sagte: »Hallo, alter Junge. Hast du dich gut amüsiert mit Onkel Jerry?«

»Ja, wir hatten mächtig viel Spaß«, meinte Siegel. »Hätte ich besser nicht planen können. Blanton Maddox *und* Victor Delgado haben mich beim Gassigehen mit deinem gottverdammten Köter ertappt.«

»Siehst du? Ich hab's dir ja gesagt, Jer. Du solltest öfters an die frische Luft gehen.«

Er nahm die Leine und wandte sich mit Rufus zum Central Park.

»He, Chris«, rief Siegel ihm nach, »um eins! Er kommt erst um halb zwei. Um eins, Mann!«

Als Marisa und Ty an der Südostecke den Central Park betraten, kam Marshall ihnen mit Rufus nachgerannt. Ein paar Passanten erkannten ihn und versuchten, ihn in ein Gespräch zu verwickeln, er aber eilte weiter und wehrte die Begrüßungen freundlich ab.

»Warten Sie!«, rief er.

Marisa wandte sich mit einem zaghaften Lächeln zu ihm um. »Die Fotografen, die sind alle wie hungrige Geier. Ich käme damit nicht zurecht. Ich begreife nicht, wie Sie das schaffen.«

»Wenn man in der Politik ist, hat man keine andere Wahl. Man gewöhnt sich dran, legt sich eine dicke Haut zu.«

»Chris, kann ich Rufus nehmen?«, fragte Ty.

»Klar.«

»Das ist Mr. Marshall, Ty.«

»Nein, Miss Lane. Chris geht schon in Ordnung.«

»Dann können Sie sie ja Caroline nennen«, meinte Ty grinsend.

»Caroline Lane«, sagte Marshall. »Ihr Name hat einen schönen Klang.« Er reichte Ty die Leine, dann zog der Junge mit dem Hund los.

»Bleib in der Nähe, Ty«, sagte Marisa.

Einen Moment lang schauten sie schweigend zu, wie Ty den Ball warf und Rufus ihn apportierte.

»Danke«, brach sie schließlich das kurze Schweigen. »Er war in letzter Zeit etwas deprimiert, und dann hat er gestern in der Schule einen Vortrag geschmissen.«

»Vorträge sind bisweilen heikel. Was war denn los?«

»Ich weiß es nicht genau. Er wurde ganz steif, dann rannte er von der Bühne. Und jetzt hat er Angst davor, in der Öffentlichkeit zu sprechen. Er ist irgendwie aus dem Gleichgewicht geraten.«

»Ich bin auch immer nervös, bevor es losgeht.«

Zum ersten Mal sah sie ihm direkt in die Augen. »Tatsächlich?«

Marshall wirkte verlegen; er streifte sich eine Haarsträhne aus der Stirn. »Na ja… vielleicht nicht immer.«

Marisa lächelte. Sie fühlte sich zu diesem Mann hingezogen; er sah gut aus, er war smart und freundlich, und sie spürte, dass es Spaß machte, mit ihm zusammen zu sein. Außerdem war ihr bewusst, dass diese Anziehung nicht gut für sie war. Sie würde zu nichts führen, sondern ihr bloß Probleme einbringen. Etwas

Gutes, Handfestes konnte nicht daraus entstehen. Da stand sie nun mit diesem Mann im Central Park und gab sich für jemand anderen aus. Sie war nicht Caroline Lane. Sie war Marisa Ventura, das Zimmermädchen vom Beresford, und jeder Moment, den sie mit ihm verbrachte, war eine Lüge, und während die Minuten verstrichen, verfestigte sich die Lüge immer mehr. Es war falsch. Ganz falsch!

Eine junge Frau kam von hinten angetrabt, gezogen von drei Hunden.

»Mr. Marshall?«

Er drehte sich um, musterte sie und die Hunde und sagte: »Sie führen Hunde aus, hab ich Recht?«

»Ja.«

»Sagen Sie nichts, lassen Sie mich raten. Mr. Siegel hat Sie mir nachgeschickt und Ihnen gesagt, Sie sollen Rufus übernehmen.«

»Stimmt, Sir.«

»Warum wundere ich mich nicht?«

Das Mädchen drehte sich zu Ty und Rufus um. »Ist er das?«

Marshall nickte.

»Ach Gott, der ist wirklich hübsch. Sind Sie einverstanden?«

»Einverstanden womit?«

»Dass ich ihn mitnehme.«

»Klar. Sie wurden dazu angestellt, und ich hoffe, Sie werden anständig bezahlt.«

Das Mädchen näherte sich Rufus, dann wandte sie sich wieder zu Marshall um. »Ach, das hätte ich beinahe vergessen. Das ist für Sie. Mr. Siegel meinte, ich soll es Ihnen geben.« Sie reichte ihm eine Notiz.

»Zehn Minuten«, las er vor und verdrehte die Augen. »Dieser Mann lässt doch niemals locker.« Er knüllte den Zettel zusammen, blickte sich nach einem Papierkorb um, und da er keinen sah, steckte er den Zettel in die Tasche.

Er und Marisa schlenderten zu einer Bank. Sie hob die *New York Post* auf, die jemand liegen gelassen hatte, und wollte sie gerade als Sitzunterlage ausbreiten, als sie bemerkte, dass Christopher Marshall auf der Titelseite abgebildet war.

»Oh, sehen Sie mal«, sagte sie lächelnd, »ich bin im Begriff, mich auf Sie draufzusetzen.«

Kaum hatte sie die Bemerkung gemacht, wurde ihr bewusst, was sie da gesagt hatte. Beide blickten starr geradeaus, zu verlegen, um etwas zu sagen.

Schließlich brach Marisa das Schweigen. »Reden wir… einfach weiter.«

»Ist gut«, meinte Marshall und nickte.

Sie schauten Ty zu, der den Ball in die Luft warf und von Rufus auffangen ließ.

»Ein außergewöhnliches Kind«, bemerkte Marshall.

»Danke. Ich bin richtig vernarrt in ihn.«

»Kann ich Ihnen gut nachfühlen. Ich bin bisher noch nie einem zehnjährigen Nixonfan begegnet. Oder vielleicht sollte ich besser sagen, einem zehnjährigen Nixonexperten.«

»In der Schule haben sie gerade die siebziger Jahre durchgenommen. Er ist richtig besessen von dieser Periode und neigt dazu, alle möglichen Dinge aufzusaugen – Politik, Musik. Vergangenen Monat hat er eine Henry-Kissinger-Biografie gelesen. Aus freien Stücken, ohne dass es verlangt worden wäre.«

»Sie scherzen wohl. Das ist wirklich bemerkenswert.«

»Er hat sich zum Experten für die siebziger Jahre entwickelt. Fängt Ty mit etwas an, dann lässt er erst davon ab, wenn er es aus allen Blickwinkeln betrachtet hat. Ich warte schon darauf, dass er sich die nächste Dekade vornimmt. Bis dahin lerne ich eine Menge von ihm.«

»Ich finde, er ist ein prima Junge, Caroline.«

Marisa spürte, wie sie sich anspannte: Caroline Lane, die große Lüge. Wie hatte sie bloß zulassen können, dass es so weit gekommen war. »Wirklich?«, sagte sie, um Fassung bemüht.

»Ja, ganz ehrlich. Sie haben ein prima Verhältnis. Das merkt man.«

Sie lächelte, dann schauten sie einander tief in die Augen. Marshall brach den Bann als Erster. »Und wie lange werden Sie in der Stadt bleiben?«

»Das… weiß ich noch nicht.«

»Steigen Sie immer im Beresford ab?«

»Manchmal habe ich das Gefühl, als wohnte ich dort.«

»Das war das Lieblingshotel meines Vaters. Ich bin schon als Kind dort gewesen. Aber, na ja, für meinen Geschmack ist es ein wenig steif.«

»Oh.«

»Was führt Sie nach Manhattan?«

»Die Arbeit.«

»Was arbeiten Sie denn?« Er lächelte. »Ich hoffe, ich stelle Ihnen nicht zu viele Fragen.«

Sie spähte in die Ferne, dann berührte sie den Ärmel seines Jacketts und sagte: »Schauen Sie – dort drüben am Spielplatz.«

»Wie bitte?«

»Dort drüben. Schauen Sie genau hin.«

Er kniff ebenfalls die Augen zusammen und machte schließlich einen im Gebüsch versteckten Paparazzo aus, der ein Foto nach dem anderen schoss.

»Den kenne ich«, sagte Marshall. »Das ist Eddie Yatter. Der lässt sich einfach nicht abschütteln.«

Er erhob sich, und Marisa folgte ihm, wobei die Titelseite der *Post* an ihrem Po haften blieb.

»Was will er?«, fragte sie.

»Der arbeitet für Blanton Maddox«, antwortete Marshall. »In letzter Zeit setzt er alles daran, mich mit einer anderen Frau zu erwischen, damit er in seinem Schmierblatt hinausposaunen kann, ich hätte mich getrennt von…« Er hob die Schultern und verstummte.

»Ihrer Verlobten, dem Supermodel.«

»Wir sind nicht verlobt.«

Auf einmal bemerkte Marshall die an Marisas Po haftende Zeitungsseite. »Mir ist eben aufgefallen, dass Ihnen… äh… dass Sie mein Gesicht… ich meine, die Zeitung. Eine Seite klebt an Ihrem… warten Sie, ich…« Er nahm sie ab und reichte ihr das Papier. »So, das hätten wir.« Er lächelte verlegen. »Außerdem sollten Sie nicht alles glauben, was Sie lesen.«

»Ist denn etwas Wahres daran?«

»Wir treffen uns gelegentlich, und in letzter Zeit sehen wir uns seltener. Viel seltener. Die Beziehung ist kompliziert.«

»Alles ist kompliziert.«

Er lächelte. »Das ist Ihnen also auch nicht entgangen.«

»Ich spüre es tagtäglich.«

Er fasste sie beim Arm. »Kommen Sie – folgen Sie mir.«

Marisa rief nach Ty, der langsam herbeigeschlendert kam und noch immer den Ball in die Luft warf. »Ich bin der weltschlechteste Sportler«, sagte er zu Marshall. »Ich werde immer als Letzter in eine Mannschaft gewählt, deshalb übe ich Würfe.«

»Gute Idee.«

»Ich fange mehr Bälle auf, als ich fallen lasse. Bloß fehlt mir das Publikum.«

»Rufus wäre stolz auf dich.«

Sie gingen ein paar hundert Meter weiter in den Central Park hinein, bis zu einer Stelle, wo nackter Fels zutage trat. Im Westen erstreckte sich die gewaltige blaue Skyline.

»Zwei verschiedene Welten«, sagte Marisa. »Das Getriebe auf den Straßen ist nur ein paar Schritte entfernt – und dann das hier.«

»Ein interessanter Ausblick, nicht wahr? Und vor allem gibt es hier keinen Yatter – jedenfalls im Moment nicht.« Er blickte mit ihr nach Westen. »Wissen Sie, wann ich meistens hierher komme? Wenn ich eine Rede halten muss und nervös werde.«

Ty schaute unvermittelt auf. »Sie werden nervös?«

»Klar. Ich bekomme Schweißausbrüche, mir zittern die Hände.«

»Hast du gehört?«, meinte Marisa und drückte Ty an sich.

»Ich weiß nicht, wie's dir geht«, wandte sich Marshall an den Jungen, »aber manchmal wenn ich vor einem Publikum stehe, kriege ich Herzrasen, und mein Kopf wird ganz leer. Alles verschwimmt mir vor Augen.«

Ty jonglierte aufgeregt mit Rufus' Ball. »Ich kann gar nicht glauben, dass Ihnen das passiert, Chris. Mir geht's nämlich auch so.«

»Und in meinem Job ist das nicht besonders gut, findest du nicht auch?«

»Ja, klar. Sie müssen mit der Öffentlichkeit kommunizieren und sich jederzeit verkaufen. Und wie werden Sie damit fertig?«

Marshall langte in die Tasche und holte eine verbogene Heftklammer heraus. Er zeigte sie Ty. »Daran halte ich mich während der Rede fest.«

»Eine Heftklammer. War das mal eine Heftklammer?«

»Weißt du, ich brauche etwas, das die nervöse Energie von meinem Herzen ableitet. Und das tut diese Heftklammer.«

Ty nickte mit angespannter Miene. »Wie ein Blitzableiter?«

»Genau. Der Stress geht in die Klammer über, und mein Text bleibt übrig.«

»Ihre Rede«, sagte Ty und nickte.

»Du hast es kapiert. Eine ganz flüssige und hoffentlich auch überzeugende Rede.«

Marshall zwinkerte Marisa zu, und diese zwinkerte zurück. Das Spiel zwischen ihrem Sohn und Christopher Marshall machte ihr Spaß. Es war, als wäre sie an diesem Samstagmorgen in der normalen Realität aufgewacht und jetzt mitten in einen Traum hineingeraten.

»Einige der weltweit besten Redner schwören auf die Heftklammermethode«, vertraute Marshall Ty flüsternd an. »Henry Kissinger zum Beispiel.«

Ty legte die Stirn in Falten und musterte Marshall misstrauisch. »Kissinger war nicht gerade für seine rhetorischen Fähigkeiten bekannt.«

»Aber stell dir bloß mal vor, wie er ohne die hier dagestanden hätte...« Er fischte erneut die Heftklammer aus der Hosentasche und hielt sie dem Jungen vors Gesicht.

»Eine ganz normale Heftklammer«, meinte Ty ehrfürchtig.

»Vielleicht nicht ganz so normal. Hör mal, ich will nichts von alledem morgen in der Zeitung lesen.«

»Ich verrate kein Wort. Versprochen.« Ty zögerte mit Blick auf den Ball, den er in der Hand zusammendrückte. »Sie verarschen mich doch nicht, oder?«

»Ich verarsche dich nicht.«

»Das machen die nämlich ständig in der Schule. Für einen intelligenten Menschen bin ich nämlich ziemlich leichtgläubig.«

»Das geht manchmal Hand in Hand, Ty.«

»Tut es jede beliebige Heftklammer?«

»Du musst es halt ausprobieren. Experimentiere ein bisschen.«

Marisa nahm Ty bei der Hand. »Wirst du es nochmal probieren?«, fragte sie.

»Ich weiß nicht. Vielleicht gerate ich ja wieder aus dem Konzept. So wie gestern.«

»Vielleicht aber auch nicht«, sagte Marshall. »Und wenn doch, ist's auch nicht schlimm. Niemand ist vollkommen. Mein Dad hat immer gesagt, wenn du dir selbst keine zweite Chance gibst, weshalb sollte es dann jemand anders tun?«

Marisa zauste Ty das Haar. »Chris' Vater scheint mir ein kluger Mann gewesen zu sein.«

»Das war er wirklich«, sagte Marshall, während sich seine Miene vorübergehend verdüsterte. »Er war schwer in Ordnung. Er bot mir immer fünfzig Gelegenheiten, es besser zu machen, bis ich irgendwann den Bogen raus hatte.« Er wandte sich an Ty. »Also… dann wären wir uns mit der Heftklammer also einig?«

»Ty? Er redet mit dir.«

Der Junge blickte ernst und entschlossen zu Marshall auf. »Okay, ich versuch's«, sagte er.

»Guter Mann.«

»Hey, Chris«, sagte Ty, »ich hab eine Idee. Wie wär's, wenn wir uns die Pinguine im Zoo anschauen würden?«

Marisa musterte ihn streng. »Wir sollten allmählich zurückgehen.«

»Bloß ein paar Minuten, Ma.«

»Ja«, meinte Marshall lächelnd. »Bloß ein paar Minuten.«

Sie gingen zum Zoo und schauten den Pinguinen zu, die hinter dicken Glasscheiben in ihrer eisigen Welt umherschwammen.

»Guckt mal, wie die Burschen abziehen!«, rief Ty. »Yippiiiie!«

Marisa und Marshall lachten.

»Die sehen aus, als würden sie einen Smoking tragen, nicht wahr?«, meinte Marisa. »Kleine Watschelmänner. Alle in Schale, bloß können sie nirgends hin.«

»Wo wir gerade davon sprechen«, sagte Marshall, »ich habe am Montagabend einen Termin. Schwarzer Binder, zweieinhalbtausend das Gedeck. Und jede Menge Watschelmänner im Smoking.«

Als sie sich ihm zuwandte, bemerkte sie, dass er aufmerksam den Pinguinen zuschaute. »Zweieinhalbtausend? Ich hoffe, Sie dürfen den Teller anschließend behalten. Wofür ist das Geld?«

»Es geht um eine Kampagne zur Förderung der Bildung in der Innenstadt«, erklärte Marshall. »Ein großer, bedeutender Event, der die gesellschaftlichen Größen der Stadt anlocken wird. Blanton Maddox veranstaltet ihn alljährlich. Versucht, sich damit Legitimation zu verschaffen.«

»Maddox? Der Mann, der diesen Yatter dafür bezahlt, dass er Sie fotografiert?«

»Genau der.«

»Das verstehe ich nicht. Weshalb wollen Sie hingehen?«

»Um gesehen zu werden.« Er wirkte peinlich berührt. »Jerry Siegel, mein Image-Berater, meint, ich soll mich dort blicken lassen.«

»Aber kann sich denn nicht jeder denken, dass Sie sich bloß… exhibitionieren wollen?«

Marshalls Gelächter, ein schallendes, ansteckendes Gelächter, veranlasste Marisa einzufallen.

»Also, wenn Sie es so ausdrücken wollen…«

»Äh – *Sie* haben es so ausgedrückt. Mir ist es ziemlich egal, wie viel diese Leute für ihr Dinner bezahlen. Sie sollten sich nicht bei ihnen anbiedern, auch wenn es um eine gute Sache geht.«

»Wir wollen nicht um den heißen Brei herumreden. Weshalb sagen Sie mir nicht, was Sie *wirklich* denken?«

»Sie machen sich über mich lustig.«

»Keineswegs. Ich will's wirklich wissen.«

Sie musterte ihn ernst. »Okay – soll ich Ihnen sagen, was ich wirklich denke? Ich finde, wenn dieser Maddox Gutes tun will, warum gibt er die zweieinhalbtausend fürs Gedeck dann nicht den Schulen in der Innenstadt, und die Leute speisen ein wenig leichter? Verstehen Sie, was ich meine?«

»Hat was für sich. Da kommt mir eine tolle Idee. Sie begleiten mich, Caroline, und sagen es ihm selbst.«

Als er sie Caroline nannte, versteifte sie sich erneut. »Am Montagabend?«, sagte sie und beobachtete, wie Ty Rufus' Ball hochwarf und vergeblich versuchte, ihn hinter dem Rücken aufzufangen. »Da… da hab ich zu tun. Tut mir Leid.«

»Schade, dass Sie am Montag zu tun haben«, meinte er leise, »oder vielmehr schade, dass Sie überhaupt so beschäftigt sind.«

Sie zwang sich, ihn anzusehen. »Die Sache ist kompliziert.«

»Was denn nicht?«

Sie schüttelte den Kopf. »Sehr kompliziert.«

»Schon verstanden. Sie brauchen nicht mehr zu sagen.«

»Hören Sie, wir müssen uns sputen. Ty – beeil dich, wir kommen sonst noch zu spät.«

»Zu spät, wohin?«

»*Zu spät*«, wiederholte sie und funkelte ihn an.

Als sie am Zooausgang bei dem berühmten Glockenturm mit den Tierfiguren standen, sagte Marshall: »Ich fass es nicht. Da sind wir schon mal im Park und haben uns die Schlangen nicht angesehen – mal abgesehen von Yatter.«

»Sie meinen den Typ mit der Kamera? Der gehört eingesperrt.«

»Richtig, Ty«, pflichtete Marshall ihm bei. »Da hast du vollkommen Recht.«

Marisa lächelte und sagte in einem Tonfall, der etwas Endgültiges hatte: »Es war sehr nett, Sie kennen gelernt zu haben, Chris Marshall. Sie sind ganz anders, als ich Sie mir vorgestellt habe. Ich meine, nicht, dass ich über Sie viel nachgedacht hätte, aber wenn man über Sie nachdächte, dann würde man nicht vermuten, dass Sie… ich meine…« Sie lachte nervös. »Mein Gott, was rede ich denn da? Ty, komm mit.« Sie fasste ihn bei der Hand.

»Sie sind auch anders als alle anderen Leute, die ich kenne«, sagte Marshall.

»Ach was. Ich bin genau wie alle anderen. Sie sehen mich auf Schritt und Tritt.«

»Das glaube ich nicht.«

»Nett von Ihnen. Aber jetzt muss ich mich verabschieden.«

Sie zerrte an Tys Jacke, doch der sträubte sich und sah Marshall an.

»Ich hab da noch was für dich, Ty.« Marshall langte in die Tasche und reichte dem Jungen ein ganzes Bündel Heftklammern. »Probier sie aus. Such dir ein paar aus, aber verwende sie nicht alle bei einem Vortrag, okay?«

»Ist gut.«

Ty steckte die Heftklammern in die Tasche und klatschte mit Marshall ab. Marisa versuchte, Ty wegzuziehen, er aber sträubte sich noch immer.

»Und was ist mit dem Ball von Rufus?«

»Gib ihn ein andermal zurück. Rufus wird sich freuen, dich wiederzusehen.«

»Danke für die Heftklammern, Chris«, sagte Ty über die Schulter hinweg. »Und halten Sie die guten Wahlergebnisse.«

»Ich werde mich bemühen«, sagte Marshall. »Du bist mein Gewissen.«

Während er Mutter und Sohn nachschaute, bemühte er sich, seine Gefühle zu verstehen. Doch was immer mit ihm los war, er wusste bloß, dass er Ähnliches noch nie empfunden hatte.

8

Ohne zur Rezeption zu blicken, schritt Marisa eilig durch die Lobby, dann stürmte sie zu ihrem Spind im Souterrain. Sie rief Stephanie auf ihrem Handy an und fragte sie: »Wo steckst du?«

»In der Küche.«

»Komm sofort in die Umkleide.«

Kurz darauf kam Stephanie angerannt und half Marisa, die Sachen von Dolce & Gabbana abzulegen.

»Er hat mich zum Galadiner am Montag eingeladen«, berichtete Marisa. »Zweieinhalb Riesen das Gedeck. Stell dir mal vor!«

»Und du hast eingewilligt, hab ich Recht?«

»Nein. Ich hab ihm gesagt, die Dinge wären kompliziert.«

»*Kompliziert*? Bist du wahnsinnig? Was ist denn das für eine Antwort?«

»Mal ehrlich«, sagte Marisa. »Ich heiße zufällig Marisa Ventura, und ich bin *nicht* die reiche Schlampe Caroline Lane. Ich komm mir vor wie eine Hochstaplerin.«

»Das einzig Komplizierte zwischen ihm und mir wär das Öffnen meines BHs.«

»Was bist du doch für ein Luder.«

»Ja, und ich bin stolz darauf.«

Während sich Marisa vorsichtig den Pullover über den Kopf streifte, sagte sie: »Was soll ich jetzt machen? Mich nach dem Bettenmachen gleich zu ihm legen? Werd vernünftig, Steph. Er glaubt, ich wäre ein Gast, einer von seinesgleichen und nicht irgendein Zimmermädchen. Was meinst du wohl, wie er reagieren würde, wenn er hinter die Wahrheit käme? Wahrscheinlich würde er mich feuern lassen. Und ich könnt's ihm nicht mal verdenken.«

»Okay, okay, es reicht. Erzähl mir, wie er ist.«

»Er hat sexy Augen.«

»Ach, ja?«

»Schöne Lippen. Wohlgeformt.«

»Hm-hm. Und wie steht's mit den Händen? Sind sie groß?«

»Perfekt. Schlanke, sensible, lange Finger.«

Stephanie nickte. »Klingt gut.«

»Lange Beine. Schlank. Ein umwerfendes Lächeln.«

»Hör auf. Du machst mich ganz scharf.«

Auf einmal hörte sie Paula Burns' raue Stimme: »Marisa? *Marisa Ventura? Sind Sie wieder da?*«

»Ja, Ma'am!«, rief Marisa. An Stephanie gewandt setzte sie halblaut hinzu: »Mist, die hat was gemerkt. Hilf mir.«

Stephanie streifte ihr den Kittel über den Kopf, und Marisa zog eilig die Velourshose aus. Mit fliegenden Fingern knöpfte sie den Kittel zu, während Stephanie die Sachen im Spind verstaute. Sie schlug die Tür in dem Moment zu, als Paula Burns um die Ecke bog.

»Was machen Sie da?«, fragte sie und musterte den Raum mit ihren Knopfaugen, denen nie etwas entging, zumal keine Unregelmäßigkeiten.

»Ich, äh, hab mir was auf den Kittel geschüttet. Ich musste mich umziehen.«

»Also, Mr. Bextrum möchte Sie in seinem Büro sehen. In zehn Minuten.«

Als sie gegangen war, blickte Marisa Stephanie an, biss sich auf die Unterlippe und schüttelte den Kopf.

»Hast du auch das Gefühl, dass die Kacke am Dampfen ist?«

Als Christopher Marshall zwanzig Minuten später pfeifend und anscheinend völlig unbeschwert in die York-Suite geschlendert kam, stürzte sich Siegel sogleich auf ihn. Lionel beaufsichtigte zwei Zimmermädchen beim Saubermachen. Mit einem Blick auf den Chefbutler meinte Siegel: »Die hätten eigentlich schon vor einer Stunde fertig sein sollen. Das zuständige Zimmermädchen hat sich anscheinend eine Pause genommen.«

»Macht nichts, Jer. Deine viele Arbeit bringt dich noch mal ins Grab. Es gibt wichtige Details und andere, die einen nicht ins Schwitzen bringen sollten. Manchmal habe ich den Eindruck, der Unterschied ist dir unbekannt.«

»Okay, mein Freund«, sagte Siegel ernst. »Dann konzentrieren wir uns mal auf ein wichtiges Detail. Delgado hat dich *zur Strecke gebracht*, als du mit dem verdammten Köter Gassi warst. Bislang können wir den Tag abschreiben, und im Moment kommt mir der Gedanke an ein ruhiges Grab gar nicht so abwegig vor.«

Marshall klopfte auf seine Sakkotaschen und hörte kaum hin. »Hast du mal was zu schreiben?«, fragte er.

Siegel reichte ihm einen goldenen Füller von Mark Cross und sagte sarkastisch: »Aber sicher doch, Chris. Kann ich mich sonst noch irgendwie nützlich machen?«

Marshall nahm einen Notizblock vom Schreibtisch und kritzelte etwas darauf, dann eilte er ins angrenzende Schlafzimmer.

»Lionel«, sagte er. »So heißen Sie doch, nicht wahr?«

»Jawohl, Sir.«

»Diese Nachricht ist für die Dame in der Park-Suite. Sie heißt Caroline Lane. Können Sie das für mich erledigen?«

»Sofort, Sir.«

»Danke.«

Lionel ging hinaus, und Siegel sagte: »Was hast du vor? Wer

ist diese Caroline Lane aus der Park-Suite? Sollte ich sie kennen?«

»Bloß eine neue Bekanntschaft«, antwortete Marshall beiläufig. »Du wolltest doch, dass ich Montagabend mit Begleitung zu Maddox' Veranstaltung gehe. Und jetzt hab ich eine.«

»Ja, aber ich dachte eigentlich mehr an eine blinde, ältere, vormals analphabetische republikanische Bürgerin, die während des Kampfes gegen die Nazis lesen gelernt hat.«

»Ich dachte, deine Mutter lebt in Florida.«

»Komisch. Seeehhhr komisch. Also, was ist nun mit dieser Lane?«

»Sie ist bezaubernd. Interessant. Hoch intelligent.«

»Ich hoffe, sie ist unverheiratet, nimmt keine Drogen und ist keine Demokratin.«

Marshall zuckte mit den Schultern.

»Chris. Hal-*lo*? Ich rede mit dir. Du hast dich doch über sie schlau gemacht, oder? *Hast du, oder hast du nicht?*«

»Du hyperventilierst ja schon wieder, Jer.«

»Herrgott nochmal!« Siegel stürzte ins Wohnzimmer zu einem Assistenten, riss ihm das Handy vom Ohr und flüsterte: »Finden Sie möglichst viel über die Frau aus der Park-Suite heraus... über diese Caroline Lane. Pronto!«

Marisa stand mit klopfendem Herzen und trockenem Mund vor der offenen Tür von John Bextrums Büro. Vielleicht war Caroline Lane unerwartet in die Park-Suite zurückgekehrt und hatte festgestellt, dass Sachen von ihr fehlten. Vielleicht hatte jemand sie in Carolines Outfit auf der Fifth Avenue herumstolzieren gesehen und sie verpfiffen. Was immer dahinter stecken mochte, es war bestimmt nichts Gutes. Wenn man sie jetzt feuerte, musste sie sich schnell einen neuen Job suchen; wie die meisten ihrer Freundinnen lebte Marisa von der Hand in den

Mund. Rücklagen hatte sie keine; sie brauchte jeden Penny. Marcus half ihr hin und wieder aus, war allerdings nicht besonders großzügig. Vielleicht hatte sie bei der Scheidung einen Fehler gemacht, als sie auf Unterhalt für sich und das Kind verzichtet hatte. »Falscher Stolz«, hatte ihre Mutter gemeint, doch die Scheidung war von ihr ausgegangen, und sie wollte sich Marcus gegenüber nicht verpflichtet fühlen. Daher hatte sie beschlossen, auf eigenen Beinen zu stehen und ihre Entscheidungen selbst zu treffen, unabhängig und frei. Im Geiste vernahm sie die Stimme ihrer Mutter: »Hochmut kommt vor dem Fall…«

Während sie an der Tür darauf wartete, dass Bextrum sie bemerkte und zum Eintreten aufforderte, sagte er zu Paula Burns: »Also, Lionel Bloch behalten wir im Auge.«

»Es heißt, er würde trinken«, sagte Burns.

»Er erledigt seinen Job seit vielen Jahren zu unserer Zufriedenheit.«

»Aber er lässt nach.«

»Wir behalten ihn im Auge.«

Bextrum schaute hoch und bemerkte Marisa. Mit einem Kopfnicken forderte er sie zum Eintreten auf, als Burns gerade sagte: »Gestern hat er sich geschnitten, wissen Sie.«

Er winkte ab. »Später…« Mit einem aalglatten Lächeln sagte er: »Miss Ventura, bitte nehmen Sie Platz.«

Burns trat vom Schreibtisch zurück, kam aber nicht dahinter hervor.

»Ich nehme an, Sie wissen, weshalb wir Sie herbestellt haben.« Er setzte eine ernste Miene auf; sein mimisches Repertoire war klein und vorhersehbar.

Marisa atmete tief durch und sagte mit leiser Stimme: »Ich glaube schon. Ja.«

»Wissen Sie, worauf sich ein großes Hotel gründet?«, fragte er und beugte sich vor.

»Äh – auf die Lage?«

Bextrum schüttelte den Kopf. »Auf Loyalität und Vertrauen. Würden Sie sagen, dass Sie diese Eigenschaften besitzen?«

Sie musterte ihn forschend, suchte nach einem Hinweis auf seine Absichten. In seinen Augen war jedoch nichts zu erkennen – kein Hinweis, kein Wink des Schicksals. »Das würde ich«, antwortete sie nach kurzem Zögern. »Ja, Sir.«

»Miss Burns ist zufällig einer Meinung mit Ihnen und hat mich gebeten, Ihre Bewerbung in Betracht zu ziehen.«

»Sir?«

»Bis Miss Kehoe uns heute Morgen Ihre Bewerbung gebracht hat, hatten wir keine Ahnung, dass Sie sich für einen Posten im Management interessieren. Ihre Bewerbung ist bislang die Einzige, und ich muss sagen, sie ist sehr eindrucksvoll.«

»Oh.« Marisa war zu verblüfft, um einen zusammenhängenden Satz herauszubringen.

»Übrigens«, fuhr Burns fort, »Sie haben Ihre Sozialversicherungsnummer vergessen. Sie steht natürlich in den Akten, aber Sie sollten das Feld doch persönlich ausfüllen. Außerdem fehlt noch Ihr Mädchenname. Wenn Sie die beiden Felder noch ausfüllen und dann unterschreiben würden.«

Marisa blickte Paula Burns an, die sie tatsächlich anlächelte.

»Sie ziehen meine Bewerbung in Betracht?«

»Unbedingt«, antwortete Bextrum an Burns' Stelle. »Offen gesagt, müssen wir uns auch die anderen noch hereinkommenden Bewerbungen anschauen, aber wie ich schon sagte, wir sind sehr beeindruckt.«

»Dass sich ein Zimmermädchen bewirbt«, sagte Burns, »ist äußerst ungewöhnlich. Das lässt auf eine starke Motivation schließen.«

»Sollten Sie ausgewählt werden«, fuhr Bextrum fort, »wäre

Image-Berater Jerry Siegel (Stanley Tucci) ist stets um den guten Ruf von Senatskandidat Christopher Marshall (Ralph Fiennes) besorgt.

Oben: Die attraktive Caroline Lane (Natasha Richardson) hat Gefallen an Christopher gefunden. Der hingegen ist nur an Marisa interessiert …

Links: Zimmermädchen Marisa versteckt sich hinter dem Rücken von Butler Lionel Bloch (Bob Hoskins) vor Christopher.

Links: Marisa Ventura (Jennifer Lopez) beobachtet ihren Sohn Ty (Tyler Garcia Posey), der im Park Rethorik-Nachhilfe von Senatskandidat Christopher Marshall erhält.

Butler Lionel Bloch weiß über alles Bescheid, aber er verrät Marisa nicht. Er übergibt ihr eine Einladung von Christopher zum Ball.

Links: Marisa und ihr Sohn Ty kommen allein wunderbar zurecht.

Christopher und Marisa verbringen einen wunderschönen Abend miteinander. Wird sie ihm die Wahrheit über sich erzählen?

Was Marisa vermeiden wollte, passiert doch: Aus dem gemeinsamen Abend wird eine gemeinsame Nacht …

Unten: Nachdem Marisa ihren alten Job gekündigt hat, trifft sie Christopher unverhofft an ihrem neuen Arbeitsplatz bei einer seiner politischen Kundgebungen wieder …

Auch wenn sie aus unterschiedlichen Welten kommen, finden Senatskandidat Christopher Marshall und Zimmermädchen Marisa Ventura schließlich zueinander.

die normale Verfahrensweise, dass Sie das ganze Programm durchlaufen und anschließend ein Jahr lang auf die Stellung einer für den Reinigungsdienst zuständigen Hotelangestellten vorbereitet werden. Aufgrund der guten Ausbuchung und des Personalmangels sähen wir uns allerdings zu einer Ausnahme gezwungen. Sollten Sie also genommen werden, Miss Ventura, dann werden Sie nach einer sechswöchigen Fortbildung unmittelbar ins Management wechseln. Natürlich unter der Voraussetzung, dass Sie die praktische Prüfung bestehen und die einzelnen Ausbildungsschritte erfolgreich bewältigen.«

Sie lächelte krampfhaft und konnte nichts dagegen tun. »Ich bin sehr überrascht«, brachte sie schließlich heraus, »und fühle mich geschmeichelt.«

»Dazu besteht kein Grund«, sagte Paula Burns. »Sie haben sich die Chance verdient.«

»Die Enscheidung dürfte innerhalb der nächsten zehn Tage fallen«, meinte Bextrum, als er sie hinausgeleitete. »Wie Sie sehen, öffnet sich ein Fenster, wenn sich eine Tür schließt. Können Sie mir folgen?«

»Ich bin mir nicht sicher, Mr. Bextrum«, sagte sie. Eigentlich hatte sie keine Ahnung, worauf er hinauswollte.

»Das bedeutet«, sagte Burns, »diese Tür ist Ihr Fenster.«

»Also springen Sie!«, meinte Bextrum.

Marisa zuckte zurück und lächelte schwach.

»Bloß ein alter Witz des Hauses.« Bextrum schmunzelte. »Viel Glück.«

Marisa stürmte in die Damentoilette und näherte sich der einen Kabine mit geschlossener Tür. Sie kannte Stephanies Gewohnheiten. Der lahm gelegte Rauchmelder baumelte an einem Draht von der Decke, eine Qualmwolke hing in der Luft. Das bedeutete, dass ihre Freundin, eine der wenigen Raucherinnen unter den Hotelangestellten und die Einzige, die sich unter dem unnachgiebigen Regiment von Bextrum und Burns derlei traute, mit Sicherheit in der Kabine saß.

»Steph?« Sie klopfte an die Tür. »Mach auf.«

»Erzähl mir nicht, du wärst gefeuert.«

»Nein, *du.*« Sie hämmerte erneut gegen die Tür. »Mach auf.«

»Warum sollte ich? Du scheinst sauer zu sein.«

»Ich bin sauer. Mach auf.«

Stephanie schloss auf. Sie saß auf dem geschlossenen Klodeckel und rauchte eine Camel Filter. »Was gibt's denn, Mädel?«

Marisa wedelte den Qualm weg. »Das hättest du nicht tun dürfen.«

»Was denn?«

»Du weißt schon, was ich meine. Spiel nicht vor mir das Unschuldslamm. Du hast die Bewerbung für mich ausgefüllt und abgegeben. Was hast du dir eigentlich dabei gedacht?«

Stephanie grinste plötzlich breit. »Hey, bist du wirklich in der engeren Wahl? Das ist ja *fantastisch*. Ich hab's gewusst. Ich hab's einfach gewusst.«

»Woher nimmst du dir das Recht, meinen Namen auf ein Formular zu setzen und es in meinem Namen einzureichen? Manchmal verstehe ich dich einfach nicht. Du bist wie eine außer Kontrolle geratene Rakete.«

»Aber ich habe dir einen Gefallen getan.«

»Tust du mir noch einen Gefallen?«, fragte Marisa und wedelte sich den Qualm aus dem Gesicht. »Kümmer dich von jetzt an um deinen eigenen beschissenen Kram. Und halt dich aus meinem raus.«

Sie knallte die Kabinentür zu und marschierte in die Umkleide. Dort setzte sie sich auf eine Bank, barg den Kopf in den Händen. Es passierte zu viel auf einmal, und ihr schwirrte der

Kopf. Erst verkleide ich mich als Gast, dachte sie, und gebe mich als jemand anders aus, und dann gehe ich während meiner Arbeitszeit mit Christopher Marshall im Park spazieren, mit *dem* Christopher Marshall. Gebe mich als jemand anders aus und flirte sogar mit dem Mann. Dann bestellt Bextrum mich in sein Büro, und anstatt mich zu feuern, bietet er mir praktisch einen Job im Management an. Das ist zu viel – einfach zu viel... Ihr war schwindelig. Eine Hand legte sich auf ihre Schulter. Als sie hochschaute, stand Stephanie vor ihr.

»Okay, du bist sauer auf mich, Maris. Ich schätze, das is dein gutes Recht, aber ich glaub, du liegst trotzdem falsch. Seit zwei Jahren bist du scharf drauf, aus dem Kittel rauszukommen und wälzt ständig neue Ideen. Und ich denk mir, warum? Warum zieht meine Süße ihr Ding nicht durch? Und dann trink ich gestern mit Rosalie von der Personalabteilung Kaffee. Ich frag sie: ›Wie wär's, wenn sich Marisa für Christinas frühere Position bewerben würde, hätte sie eine Chance?‹, und sie sagt: ›Welche Marisa?‹, und ich sag: ›Marisa Ventura, die will sich bewerben‹, und Rosalie sagt: ›Wenn die sich bewirbt, leg ich ihr Formular ganz oben auf den Stapel, verstehste, was ich mein?‹ Ich tu ganz kaltschnäuzig und sag: ›Hat sie sich denn noch nie fürs Managementprogramm beworben?‹ Also guckt sie nach und sagt, du hättest dich noch nie für irgendwas beworben...« Die beiden Frauen blickten einander schweigend an. »Marisa?«

»Was?«

»Du hast mich angelogen, Mädel. Meine beste Freundin hat mich angelogen. Vergangenes Jahr hast du mir erzählt, du hätt'st dich für die Ausbildung zur Aufseherin des Reinigungspersonals beworben.«

»Ich hatte es vor.«

»Aber du hast es nicht getan.«

»Ich hab mir gedacht, was hat es schon für einen Sinn? Welche Chancen habe ich? Es gibt qualifiziertere Leute als mich.«

»Das hätte von deiner Mutter stammen können. Stets bereit, dich runterzumachen.«

»Na ja, vielleicht hat sie ja Recht.«

»Klar, vielleicht aber auch nicht. Und ich glaub zufällig, sie irrt sich. Und ich denk noch was. Ich denk, vielleicht hast du ja 'ne Scheißangst, von dir aus aktiv zu werden. Deshalb hab ich was unternommen. Hätt man dich genommen, hätt'st du dich gefreut, und andernfalls hätt'st du nichts davon erfahren. Na los, schlag mich…«

Sie setzte sich neben Marisa auf die Bank und fasste sie bei der Hand. Mit leiser Stimme sagte sie: »Leute wie du und ich kriegen nur selten eine Chance geboten. Und wenn sich eine bietet, müssen wir zugreifen. Das sind die goldenen Jahre, Marisa, und sie gehen so verdammt schnell vorbei. In dieser Zeit müssen wir beweisen, dass unsere Mütter falsch liegen. Lass sie nicht ungenutzt verstreichen.«

»Und wenn unsere Mütter Recht haben, Steph?«

»Es gibt nur eine Möglichkeit, das rauszufinden«, erwiderte Stephanie. »Du musst dich trauen, den nächsten Schritt zu tun.« Sie küsste ihre Freundin auf die Wange und erhob sich. »Wieder an die Arbeit, Mädel. Die Jefferson-Suite ruft.«

»Ist Cutler noch da drin? Dieser Mafia-Typ?«

»Schätze, ja. Aber er hat mich noch nicht angebaggert.«

Marisa starrte einen Moment lang auf ihren Spind, während sich vor ihrem geistigen Auge ein ganz neues Leben entfaltete. Einerseits reizte es sie, andererseits machte es ihr Angst.

Während Marisa am Ende ihres Arbeitstags ausstempelte, musterte Keef geistesabwesend die Monitore.

»Irgendwelche spannende Action?«

»Könnt ich nicht behaupten. Alles ziemlich öde. Niemand raubt Küsse auf dem Flur, und niemand raubt die Wagen aus.«

»Schade.«

»Wo wir gerade von Action sprechen«, sagte er mit durchtriebenem Grinsen, »du kannst dich heute wohl nicht beklagen, oder?«

»Was meinst du damit?«

Sein Grinsen wurde noch breiter. »Bei uns in Jamaica gibt's ein Sprichwort – je höher die Äffin klettert, desto nackter der Arsch. Verstehst du, was ich meine?«

»Keef – wieso weißt du so viel?«

»Na ja… schließlich bin ich Gott, und außerdem…«

»Ja?«, meinte sie lächelnd.

»Außerdem bin ich der Monitormann.« Er zuckte mit den Schultern und wurde unvermittelt ernst. »Sei vorsichtig, Marisa.«

»Ist gut, Keef. Ich werd's versuchen.«

»Schönen Abend noch.«

»Bis dann, Gott.«

Auf dem Heimweg nahmen Marisa und Ty bei einem Chinaimbiss eine Tüte mit. Ty hatte in der U-Bahn ständig geredet, Marisa aber war ungewöhnlich still gewesen. Als sie sich durch den Lärm der Straßeneckenphilosophen, Säufer und umhertollenden Kids ihrem Wohnblock näherten, sagte sie zu Ty: »Was wir heute getan haben, war falsch.«

»Aber du hast nicht wirklich gelogen, Ma. Technisch gesehen jedenfalls.«

»Das Technische juckt mich nicht. Jemanden etwas glauben zu machen, was nicht stimmt, wiegt so schwer wie eine Lüge. Verstehst du, was ich sagen will?«

»Du hast nichts Schlechtes getan.«

»Ich hab ihn glauben gemacht, ich wohnte in der Park-Suite, wo ich dort doch bloß sauber mache. Ich bin das Zimmermädchen, Ty.«

»Ma, ich reib dir nur ungern was unter die Nase, aber ich glaube nicht, dass er hinter deinem Geld her ist.«

Marisa lächelte. »Lang mal in meine Tasche und hol die Schlüssel raus.«

Ty fischte sie heraus.

»Schließ die Tür auf. Beeil dich! Das Essen ist heiß!«

Um halb zehn brachte Marisa Ty zu Bett. Sie umarmte ihn. »Wie bin ich bloß an einen so großartigen Jungen gekommen?«, sagte sie.

»Weil du eine großartige Mutter bist«, antwortete er.

Sie wich zurück und sah ihn an.

»Das sagt Abuela jedenfalls.«

»Also, da hat Abuela wohl Recht.« Sie nestelte an der Decke, zog sie zurecht, sodass das Laken exakt zehn Zentimeter umgeschlagen war. »Im Moment müssen wir wegen der Revision und allem – du weißt schon, meine Bewerbung fürs Management – besonders vorsichtig sein. Und das bedeutet, kein Chris Marshall.«

»Warum? Du verstößt damit doch schließlich gegen kein Gesetz.«

»Ty! Wenn du dich mit ihm triffst…« Sie ließ die Drohung unausgesprochen.

»Keine Sorge, ich lauf vor ihm weg und versteck mich. Ich mach mich unsichtbar, genau wie die Frau es von euch allen verlangt.«

»Paula Burns.«

»Die Hexe.« Er schwieg einen Moment, blickte zu seiner Mutter auf. »Aber ich muss dir was sagen, Ma. Er mag dich.«

»Woher willst du das wissen?«

»Ich weiß es halt.«

»Also, das ist schön, aber es bedeutet nichts.«

»Ich weiß nicht. Du sagst immer, ich hätte in solchen Sachen den sechsten Sinn.«

»In dieser Angelegenheit nicht. Und jetzt schlaf.«

»Singst du mir noch unser Lied vor?«

»Nein.«

»Mach schon. Die erste und die letzte Strophe, bitte.«

»Na gut – und das war's dann.« Sie schmiegte sich an ihn und begann zu singen. »The first time ever I saw your face…« Sie gab ihr Bestes, um Roberta Flack zu imitieren, doch als sie bei der nächsten Strophe anlangte, war Ty bereits eingeschlafen.

9

Marisa schlief schlecht in dieser Nacht. Ständig tauchte Christopher Marshall auf und störte ihre Träume. Im Badedress tranken sie Cocktails im Salon des Beresford, im nächsten Moment waren sie mit Keef zusammen auf einem Fischmarkt in Jamaica, und Chris fütterte sie mit frischen Austern, als Nächstes fuhren sie auf Coney Island Riesenrad, saßen in den verriegelten Sitzen, die sie bei jeder Umdrehung am höchsten Punkt in die Unendlichkeit zu schleudern schienen. Er küsste sie… Sie erwiderte seine Küsse…

Am Morgen war sie gereizt und musste sich zusammennehmen, sonst hätte sie Ty angeschnauzt.

Als sie im Beresford eintrafen, setzte Keef Ty in seiner Kabine auf einen Hocker, während Marisa einstempelte. Keef hatte vor sich auf dem Tisch eine Zeitung ausgebreitet, die *Daily News* vom Sonntag, und Marisa sah gleich zweimal hin, als sie die Titelseite bemerkte. Sie überflog sie rasch, dann fragte sie Keef: »Darf ich mir die mal ausborgen?«

»Kannst sie haben. Ich hab sie schon in der U-Bahn ausgelesen. Mord, Vergewaltigung, Finanzbetrug und die Fiesematenten der Kinostars. Erbarmen, sag ich da.« Er zwinkerte ihr zu. »Aber auf der Titelseite steht eine ziemlich gute Story.«

»Danke, Keef.« Sie warf Ty eine Kusshand zu und sagte: »Bis später, Schatz.« Dann steckte sie die Zeitung in ihre Umhängetasche und eilte zur morgendlichen Besprechung. Als die zu Ende war, nahm sie Stephanie beiseite.

»Hast du das gesehn?«

Auf der Titelseite war ein Foto von Christopher Marshall, Marisa und Rufus, ganz im Hintergrund Ty, mit dem Rücken zur Kamera. Die Überschrift lautete: SPAZIERGANG MIT HUND.

Stephanie besah sich das Foto ausgiebig, dann grinste sie. »Ja, und? Der Gentleman is wirklich 'n Knaller.«

Marisa zeigte auf sich. »Und wenn Bextrum das sieht? Oder Burns? Das ist furchtbar – ein Albtraum.«

»Ich lass ja deine Seifenblasen nur ungern platzen, Süße, aber man kann dich nicht mal drauf erkennen. Dein Gesicht ist verdeckt…«

»*Teilweise* verdeckt…«

»Aber es reicht. Du bist nicht zu erkennen. Mach dir keine Sorgen.«

»Ich glaube, Keef hat mich erkannt.«

»Ja, aber Keef sieht alles. Das ist seine spezielle Gabe.«

»Das Foto steht auf der Titelseite, Steph. *Auf der Titelseite.* Die ganze Welt kann mich sehen.«

»Krieg dich mal ein, ja? Mein Gott, du hast einmal im Leben etwas Spontanes gemacht, und jetzt meinst du, du kämst dafür in die Hölle.« Sie reichte Marisa die Zeitung zurück. »Sei nicht so katholisch – bitte. Man lebt nämlich nur einmal, weißt du.«

Als sie zu ihren Wagen gingen, nickte Marisa. »Das weiß ich. Und ich habe die Absicht, meine Sache gut zu machen.«

Eine Etage höher, im Coffeeshop des Beresford, saß Christopher Marshall gerade mit drei Helfern bei einem ausgiebigen Frühstück, als Jerry Siegel hereinmarschiert kam. Er war aufgeregt und gab sich keine Mühe, es zu verbergen, denn er schwenkte eine Zeitung wie einen Taktstock.

»Hallo, Gentlemen, alles in Ordnung? Die Omeletts sind

hier ganz köstlich.« Verkniffen lächelnd funkelte er Marshall an. »Ich muss Ihnen den Kandidaten leider für einen Moment entführen. Ich verspreche jedoch, ihn in gutem Zustand in Kürze zurückzubringen.«

Siegel ging zum anderen Ende des Restaurants und wartete an einer unbesetzten Sitzecke, bis Marshall ihm nachkam.

»Was hast du, Jer? Du hast ja Krämpfe.«

Siegel hielt ihm die Zeitung unter die Nase.

»*Das* da. *Das* hab ich.«

Marshall besah sich das Foto, dann lachte er leise in sich hinein. »›Spaziergang mit Hund‹. Eine hübsche Überschrift für eine Boulevardzeitung.«

»Jetzt hör mir mal zu.«

»Bleibt mir denn eine andere Wahl?«

»Weißt du, was mich das kostet? Hast du irgendeine Vorstellung davon? Ich werde den ganzen Tag lang nichts weiter tun, als deinen Arsch zu retten. Ich hab schon Anrufe von der *Washington Post*, der *New York Times*, der *Chicago Sun* und noch ein paar anderen Blättern bekommen, die alle Informationen haben wollen. Sie löchern mich nach ihrem Namen, ihrem Hintergrund und wollen wissen, wer der Junge ist. In dem Moment, wo wir gerade dabei sind, die Zeitungen auf deine Vorzüge aufmerksam zu machen, konzentrieren sie sich auf die ihren. Danke, Chris. Danke für nichts.«

»Um Himmels willen, Mann, entspann dich. Ihre Vorzüge sind jedenfalls nicht zu übersehen, findest du nicht?«

Siegel funkelte ihn kopfschüttelnd an. »Manchmal mache ich mir um dich Sorgen.«

»Komisch, manchmal mache ich mir um dich Sorgen.«

Lächelnd wandte er sich ab und ging zurück zu seinem Tisch.

Marisa und Stephanie näherten sich der Adams-Suite. Die Suite war eigentlich Stephanie zugeteilt, doch Marisa begleitete sie für den Fall, dass der seltsame Gast wieder auftauchen sollte. Stephanie unterhielt die Zimmermädchen schon seit einer Woche mit Randolph Simmons' Tick.

»Denk dran«, meinte Stephanie warnend, »bleib einfach cool. Er ist ein Exhibitionist – ein richtiger Monty. Gestern hat er sich innerhalb von zwei Stunden zweimal vor mir entblößt.«

»Versehentlich mit Absicht, hab ich Recht?«

»Stimmt genau. So wie immer. ›Oh, Entschuldigung, ich hab nicht gewusst, dass Sie da sind.‹ Erbärmlich.«

Marisa seufzte. »Ich werd froh sein, wenn er weg ist.«

»Wer? Der Exhibitionist? Mit dem hast du doch nichts am Hut.«

»Nicht der. Chris Marshall.«

»Hal-lo, hal-looo? Schön, dass du so aufmerksam bei der Sache bist.«

»Tut mir Leid. Ich hab halt viel um die Ohren.«

»Bist du noch sauer auf mich, weil ich die Bewerbung eingereicht hab?«

»Ich glaub nicht. Das ist abgehakt.«

»Weißt du, was ich glaube? Ein kleines Vöglein zwischert mir ins Ohr, du hast dich in den Kerl verknallt.«

»Und wenn schon?«

»Genau. Hast du gesehn, mit wem der ausgeht?« Sie stieß einen leisen Pfiff aus. »Stinkvornehm, sag ich dir.« Sie holte eine Ausgabe von *Cosmopolitan* aus ihrem Wagen hervor. Auf der Titelseite posierte spärlich bekleidet das Supermodel Daniella von Graas. »Daniella von Graas, das holländische Luxusweibchen. Ich fahr das schon seit gestern spazieren, weil ich's dir zeigen wollte.«

»Sie haben sich getrennt.«

»Ach, Schätzchen, wie naiv du bist. Vielleicht könnte ich dir mal ein hübsches Sumpfgrundstück in Florida zeigen.«

»Sie haben sich getrennt. Er hat's mir selbst gesagt.«

»Okay – wen juckt's? Ich meine, mal ganz im Ernst. Es war bestimmt toll, mit ihm im Park spazieren zu gehen, aber du musst die größeren Zusammenhänge sehen.« Sie legte die Hände um Marisas Gesicht und zog sie dicht an sich heran. »Du hast gehört, was Lionel bei der Besprechung gesagt hat. Du hast eine Chance, Maris, die Spatzen pfeifen's von den Dächern. Ein Zimmermädchen im Management! Die Erste überhaupt! Ab durchs Glasdach.«

»Warten wir's ab.«

Stephanie wurde unvermittelt ernst. »Vergiss nicht, gestern hattest du bloß einen glücklichen Dusel. Du warst mit einem Typen aus der High Society zusammen, ihr habt ein bisschen gelacht, ein bisschen geschäkert. Damit is jetzt Schluss. Ich bin auch wirklich stolz auf dich, weil du's getan hast. Aber jetzt ist wieder die Wirklichkeit angesagt.« Sie nahm eine Toilettenbürste vom Wagen und hielt sie Marisa unter die Nase. »*Das* ist unsere Wirklichkeit.« Sie ging zum Bad. »Du solltest den Mann am besten gleich im Klo runterspülen.«

In diesem Moment trat Randolph Simmons – blond, untersetzt, praktisch unbehaart – splitternackt aus dem Bad. Er starrte Marisa und Stephanie an und gab sich überrascht.

»Oh!«, sagte er mit leiser, selbstverliebter Tenorstimme. »Ich hab nicht gewusst, dass Sie hier sind. Tut mir Leid.«

»Klar haben Sie's nicht gewusst«, meinte Stephanie. »Ises nich komisch, dass das ständig passiert? Immer und immer wieder? Ein richtig fetter Zufall, finden Sie nicht?« Sie warf ihm ein Handtuch zu. »Keine Sorge, Mr. Monty – äh, Mr. Simmons –, das is keine große Sache. Und wenn ich sage, *keine große Sache*, dann mein ich's auch so.«

»Bis später, Steph«, sagte Marisa und wandte sich zur Tür. Leise in sich hineinlachend rannte sie über den Flur.

Sie schob ihren Wagen zur Park-Suite und klopfte leise.

»Das Zimmermädchen«, sagte sie. Als niemand antwortete, steckte sie die Karte ins Schloss und trat ein. Im Wohnzimmer saß Caroline Lane mit einer Freundin im Gymnastikanzug auf dem Boden. Sie hatten sich jeder einen so genannten ›Magic Circle‹ zwischen die Knie geklemmt und trainierten damit gerade ihr Becken. Beide Frauen stöhnten laut. Ihr Trainer, ein drahtiger Mann Anfang vierzig, blickte stirnrunzelnd auf sie hinab.

»Pressen«, sagte er, »vom Becken ausgehend.«

»Verzeihung«, sagte Marisa. »Ich komme später wieder.«

»Ist schon okay«, meinte Caroline Lane mit zusammengebissenen Zähnen. »Arbeiten Sie einfach um uns herum.«

Die andere Frau, eine ältere brünette Kopie von Caroline, musterte Marisa kühl. »Wir könnten Handtücher gebrauchen, *por favor.*«

»Jawohl, Ma'am«, antwortete Marisa. Sie nahm ein paar zusätzliche Handtücher vom Wagen.

»Pressen«, kommandierte der Trainer mit einem Anflug von Ungeduld. »*Pressen.*«

Die beiden Frauen stöhnten vor Anstrengung, und Caroline, angespannt und etwas linkisch, hatte Mühe, seinen Anweisungen zu folgen.

»… Und langsam … langsam … loslassen …«

Carolines Magic Circle flog plötzlich durch die Luft und verfehlte Marisa nur knapp.

»Mist!«, rief Caroline schwer atmend.

»Alles okay?«, fragte die andere Frau.

Caroline Lane schüttelte den Kopf und blickte zu Boden.

Marisa reichte ihrem Trainer den Magic Circle und legte Handtücher neben die Fitnessausrüstung.

»Hier, Caroline«, sagte der Trainer und reichte ihr den Magic Circle, sie aber winkte ab und schüttelte den Kopf; Tränen rollten ihr über die Wangen.

»Was hast du?«, fragte ihre Freundin. Sie fasste Caroline beim Kinn, hob ihren Kopf empor. »Meine Liebe? Ist es wegen Eric?«

Caroline Lane nickte. »Er hat mich nicht angerufen«, schluchzte sie. »Kein einziges Mal, Rachel, nicht das Handy, nicht den Auftragsdienst, nicht im Hotel. Da hab ich mir gestern Abend gesagt, ach, was soll's. Ich hab ihn angerufen – in einem schwachen Moment, weißt du, vielleicht lag's ja am Wein – und jetzt tut's mir Leid. Er war so… ach, vergiss es. Ich… komm einfach nicht damit klar.«

»Du bist eben zu sensibel«, meinte ihre Freundin. »Er nutzt dich aus. Typisch Mann.«

Der Trainer stand, die Hände in die Hüfte gestemmt, über den beiden Frauen und wippte nervös mit dem Fuß. »Wie wär's, wenn wir mit dem Deuser-Band weitermachen würden, meine Damen?«

Rachel nickte und befestigte ein langes Gummiband an ihren Füßen. »Red weiter«, sagte sie zu Caroline. »Ich höre zu.«

Der Trainer dehnte das Band über ihren Beinen zu einem breiten V.

»Ich hab gehört, wie sie sich im Hintergrund das Maul zerrissen hat, die Schlampe!«

»Die Tänzerin, die du als billigen Wein bezeichnest?«

»Ich glaub ja. Billig ist sie auf jeden Fall. Darauf kann man sich bei Eric verlassen. Könnte auch seine Ex gewesen sein.«

»Auch billig.«

»Das kannst du wohl sagen!«

»Wir müssen an die Arbeit, meine Damen«, mahnte der Trainer, der seine Ungeduld nicht mehr zu verbergen vermochte.

An der Tür wurde diskret geklopft, und Lionel trat ein.

»Butlerservice, Miss Lane«, sagte er.

»Jetzt nicht!«, schrie Rachel ihn an. »Sehen Sie nicht, dass wir beschäftigt sind?«

Lionel musterte sie gelassen, dann wandte er sich an Caroline Lane. »Ich habe eine Nachricht von Mr. Christopher Marshall für Sie.«

Rachel setzte sich abrupt auf. »Christopher Marshall?« Sie wandte sich an Caroline, die sich die Augen mit den Knöcheln trocken rieb, wie ein Kind. »*Der* Christopher Marshall?«

Caroline setzte sich ebenfalls auf, die geröteten Augen unverwandt auf Lionel gerichtet.

»Mr. Marshall hat die York-Suite«, sagte er. »Er wüsste gern, ob Sie die Einladung zum Essen, die gestern in Ihrem Zimmer hinterlegt wurde, anzunehmen gedenken.«

Rachel wandte sich an den Trainer. »Wir sind durch, Russ«, fauchte sie. »Wir sind fertig. Danke.«

»Er hat sie im Zimmer hinterlegt?«, wandte Caroline sich an Lionel.

Ohne Rachel zu beachten, sagte der Trainer zu Caroline: »Ich muss Ihnen leider die volle Stunde berechnen.«

»Ja«, antwortete Lionel. »Die Nachricht wurde gestern hinterlegt.«

»In Ordnung«, sagte Rachel zum Trainer.

»Eine volle Stunde für jede von Ihnen«, meinte er kühl.

»*In Ordnung*. Gehen Sie.«

»Zum Essen?« Caroline hatte sich plötzlich wieder erholt.

»So ist es.«

»Weißer Abschaum«, murmelte Rachel mit Blick auf den Trainer, der aus der Suite eilte.

»Wo?«, fragte Caroline.

»Madame?«

»Wo findet das Essen statt?«

»In seiner Suite.«

Rachel beugte sich vor und küsste Caroline auf die Wange, das heißt, sie hielt einen Zentimeter davor inne und spitzte lediglich die Lippen. »Siehst du, meine Liebe? Es gibt doch einen Gott.«

Caroline starrte Lionel unverwandt fragend an, als könnte sie das Gehörte nicht ganz glauben. Um einen Scherz konnte es sich allerdings kaum handeln, daran hätte der Butler sich bestimmt nicht beteiligt.

»Soll ich ihm etwas ausrichten?«, fragte Lionel.

Caroline war sprachlos.

»Ja«, antwortete Rachel an ihrer Stelle. »Sagen Sie ihm, ja! Um welche Zeit?«

»Um eins, Madame.«

Der mit Staubwischen beschäftigten Marisa war sein ironischer Unterton nicht entgangen. Sie verkniff sich ein Lächeln.

»Sie wird kommen«, sagte Rachel. »Vielen Dank.« Sie winkte ihn fort.

Lionel verbeugte sich und ging hinaus.

Rachel sprang auf und zog Caroline hoch.

»Wie ist es dazu gekommen, Caroline? Ich will alles wissen!«

»Wir sind uns letzten Sommer in Southampton begegnet. Jedenfalls hatte ich den Eindruck, dass er es war.« Verwundert las sie die Einladung. »… Wenn Sie eine Stunde Ihrer kostbaren Zeit für mich erübrigen könnten…«

»Wie reizend. Glaubst du, er hat dich in der Lobby gesehn?«

»Wen interessiert's? Was soll ich anziehen?« Caroline hüpfte auf der Stelle wie ein aufgeregtes Kind.

Marisa, die mit dem Bad fertig war, drückte sich an der Wand entlang und versuchte, sich unbemerkt hinauszustehlen.

»Maria?«, rief Caroline ihr nach. »Würden Sie mir einen Gefallen tun? Es ist dringend.«

»Ma'am?«

»Laufen Sie mal eben runter und holen Sie mir die Sachen, die Sie gestern für mich zurückgegeben haben.« Zu Rachel sagte sie: »Ich hatte da einen göttlichen Kaschmirmantel...«

»Die Sachen sind noch im Flurschrank«, antwortete Marisa zögernd. Als Caroline erstaunt die Brauen hob, fügte sie eilig hinzu: »Ich... ich dachte, Sie wollten Sie sich vielleicht noch einmal anschauen.«

Carolines Miene hellte sich sogleich auf; sie stürzte zum Schrank, nahm den Mantel heraus, hielt ihn sich an, drehte sich hin und her wie ein Model.

»Sie sind ein Schatz!«, sagte sie zu Marisa. »Sie sollten als persönliche Assistentin arbeiten. Ja, wirklich!«

Rachel presste missbilligend die Lippen zusammen. »Sie ist Zimmermädchen, Caroline.«

»Das sind persönliche Assistenten auch«, erwiderte Caroline. »Bloß die Bezeichnung ist anders.«

Ohne eine der beiden Frauen anzusehen, sagte Marisa: »Eigentlich bin ich in der näheren Auswahl für einen Managementposten.«

Ohne auf ihre Bemerkung einzugehen, zog Caroline den Reißverschluss des Kleidersacks auf. »Was meinst du, Rach? Die Hose von Gucci, den Mantel von Dolce? Oder einen Rock von Ralph Lauren und Pumps von Mavolo?«

»Die sind alle göttlich...«

Caroline hielt sich die verschiedenen Kleidungsstücke an, das Gesicht vor Aufregung gerötet.

»Lass mal sehen«, sagte Rachel und musterte ihre Freundin mit zusammengekniffenen Augen. »Okay – die Hose, offene Sandalen, durchsichtige Bluse, bunter BH. Zieh den Dolce-

Mantel an – bloß um der Wirkung willen. Du wirst umwerfend aussehen.«

Marisa bemerkte, dass Rachel, dieses Miststück, eine durchsichtige Bluse und einen bunten BH trug.

»Maria?«, sagte Caroline.

»Hm?«

»Du meine Güte«, sagte Rachel. »Sie spricht kaum Englisch.«

»Dumme Kuh«, murmelte Marisa auf Spanisch.

Rachel musterte sie durchdringend. »Was haben Sie gesagt?«

»Verzeihung?«

»Sagen Sie schon, Maria«, meinte Caroline. »Was halten Sie davon?«

Marisa wandte den Blick von Rachel ab. »Der beigefarbene, perlenbestickte Rock und vielleicht noch das gehäkelte Oberteil, das in Ihrem Schrank hängt. Lässig, sexy. Keine Strümpfe und auf keinen Fall den Mantel. Der sendet die falsche Botschaft aus – als würden Sie eine Verabredung zum Essen zu hoch hängen und sich bemühen, Eindruck zu schinden.« Sie musterte Caroline Lane mit schief gelegtem Kopf. »Oh, und was die durchsichtige Bluse und den bunten BH angeht: Auf mich macht das den Eindruck einer älteren Frau, die sich verzweifelt anstrengt, jünger zu wirken, finden Sie nicht?« Sie warf Rachel einen kurzen Blick zu, dann sah sie wieder Caroline an. »Dafür sollte er sich erst mal anstrengen.«

»Um Himmels *willen*, Caroline«, sagte Rachel. »Du willst doch nicht etwa auf *die* hören?«

»Danke, Maria«, sagte Caroline. »Sie können jetzt gehen. Wie ich sehe, sind Sie in Eile.«

»Ma'am«, sagte sie und ging hinaus.

Caroline wirbelte mit leuchtenden Augen zu Rachel herum.

»Vier Worte, Rachel Hoffberg: Eric, wer ist das?« Sie lachte. »Soll ich dir etwas Wundervolles und Seltsames verraten? Wenn ich Eric höre, klingelt es bei mir nicht mehr.«

10

Nachdem Marisa mal eben nach Ty gesehen hatte – er war noch immer bei Keef, beobachtete fasziniert die Monitore und saugte das Leben im Beresford in sich auf (»Das ist ja wie ein Zirkus mit drei Manegen, Ma«, meinte er, »bloß dass statt der Tiere reiche Typen darin auftreten.«) – eilte sie zur Pantry im zweiundzwanzigsten Stock und half Lionel bei der Endkontrolle. Sie notierte auf seinen Zuruf hin die einzelnen Positionen: »Zwei Kästen Perrier, Getränkeservietten, zwei Pakete Kaffee, einmal normal, einmal koffeinfrei.« Als er alle Posten aufgenommen hatte, sagte er: »Bestätigen Sie die Schicht, Miss Ventura. Mit Datum und Unterschrift.« Sie tat wie geheißen und reichte ihm das Formular.

Er nickte knapp. »Schauen Sie noch einmal ins Protokoll. Das für das Decken von Tischen und das Servieren des Weins«, sagte er. »Wir servieren in der York-Suite.«

Sie sog scharf den Atem ein, und ein Schatten der Angst zog über ihr Gesicht. Sie musste an sich halten, sonst hätte sie sich bekreuzigt. »Ach ja?«, murmelte sie.

Lionel musterte sie argwöhnisch. »Alles in Ordnung?«

Sie schluckte. »Ja, natürlich«, sagte sie und rang sich ein Lächeln ab.

Als sie die York Suite betraten, stellte Marisa zu ihrer Erleichterung fest, dass Christopher Marshall nicht zugegen war. Sie arrangierte die Blumen auf dem Esszimmertisch und stellte einen kleinen Stoffpinguin zu Caroline Lanes Gedeck. Als sie den Tisch gedeckt hatte, inspizierte Lionel ihr Werk. Er rückte die Wassergläser etwas zurecht und sagte: »Die Wassergläser bitte zehn Zentimeter nordöstlich der Weingläser.«

»Ja, Sir. Tut mir Leid.«

Abermals musterte er sie forschend. »Ist auch wirklich alles in Ordnung mit Ihnen? Sie wirken nervös, unkonzentriert.«

»Ich habe schlecht geschlafen«, meinte sie. »Aber es geht schon.«

Als sie sich zur Tür wandten, ertönte der Türsummer, und Rufus schlug mehrmals hintereinander an.

»Ich geh aufmachen!«, rief Marshall aus dem Schlafzimmer hervor. »Na komm, Rufus, lass uns die Dame begrüßen.«

In der Tür stand Neta, die Hundesitterin, mit drei angeleinten Hunden. Sie tätschelte Rufus, der in Erwartung des Spaziergangs heftig mit dem Schwanz wedelte. Zu Marshall sagte sie: »Wie lange soll ich ihn ausführen?«

»Eine Stunde, würde ich sagen – nein, nehmen Sie ihn für zwei Stunden.« Er lächelte. »Ich werde vielleicht etwas länger beschäftigt sein als geplant.«

Marisa, die diskret in der Diele stand, sah rasch zu ihm hin: braune Hose, offenes blaues Hemd, Tweedjackett. Er wirkte stattlich und richtig glücklich. Und sehr aufgeregt. Wenn ich doch nur woanders sein könnte, dachte sie. Mein Gott… wenn er mich nun erkennt? Sie schreckte davor zurück, den Gedanken zu Ende zu denken.

Gerade in dem Moment, als Neta sich mit ihren Schützlingen zum Gehen wandte, kam Caroline Lane durch die Tür gestürmt und hätte sie beinahe umgerannt. Sie hatte sich tatsächlich für Rock und Bluse entschieden, und Marisa musste zugeben, dass sie hinreißend aussah. Als einer der Hunde, ein kleiner apricotfarbener Pudel, sie zwischen den Beinen beschnüffelte, wich sie eilig zurück. »Pfui, pfui«, sagte sie nervös.

Sie schenkte Chris Marshall ihr schönstes Lächeln.

»Mögen Sie auch Tiere?«, sagte sie, wobei ihr Akzent, wie Marisa fand, etwas mehr nach Upper Class klang als eben noch.

Marshall musterte sie verwirrt. »Verzeihung?«

»Ich kann einfach nicht genug von ihnen bekommen«, sprudelte sie hervor. Der Pudel beschnüffelte sie noch immer. Sie wich zurück und drohte dem Hund mit dem Finger. »Du Böser, du!«, rief sie. Mit leuchtenden Augen wandte sie sich wieder an Marshall. »Ein wahrhaft göttlicher Einfall. Lunch *à deux*. Wie reizend!«

Neta ging mit den Hunden hinaus und schlug die Tür hinter sich zu.

Marshall starrte Caroline an, als hielte er Ausschau nach etwas – oder jemand – anderem. »Caroline?« Er wollte noch mehr sagen, sie aber bot ihm die Wange zum Kuss; er beugte sich vor und gab ihr widerwillig ein Küsschen, dann wich er eilig zurück.

Caroline trat mit geschmeidiger Anmut ins Esszimmer. »Ich hab's doch geahnt, dass wir uns beim Wettbewerb der gefiederten Freunde in Southampton begegnet sind, und – ach, *Gottchen!*« – sie hob den Stoffpinguin hoch –, »wie reizend von Ihnen, dass Sie sich daran erinnert haben.«

Marshall konnte den Blick nicht von ihr abwenden und sah dabei aus, als versuchte er mit Gewalt, sie mit der Frau in Einklang zu bringen, die er erwartet hatte. Ihm war völlig schleierhaft, was er sagen, wie er reagieren sollte. Eine einzige Frage füllte sein Denken aus: *Wer zum Teufel sind Sie?*

»Das soll nicht heißen, dass ich eines Erinnerungsanstoßes bedurft hätte«, plapperte sie drauflos. »Bitte glauben Sie nicht, ich würde voreilige Schlüsse ziehen – aber schon vergangenen Sommer hab ich gespürt, dass zwischen uns etwas Besonderes ist.«

Marshall blickte Lionel hilflos an, und der Chefbutler erwiderte seinen Blick mit unbewegter Miene.

Caroline berührte Marshall am Ärmel. »Übrigens, Teddy Parrish lässt Sie grüßen.«

Teddy Parrish immerhin kannte er, obwohl er es vorgezogen hätte, wenn dem nicht so gewesen wäre. Er hatte mit dem blöden Kerl in Princeton zusammen studiert. »Ted. Oh, ja. Wie geht es ihm?«

»Er trinkt wieder. Aber das hab ich nicht gesagt. Der liebe Teddy ist sehr, sehr schwach, fürchte ich.« Sie ging zurück ins Wohnzimmer und warf sich mit einem strahlenden Lächeln aufs Sofa.

»Bitte entschuldigen Sie mich kurz«, sagte er. »Ich habe noch etwas zu erledigen.«

Marisa wandte sich ab, als er sich im Esszimmer Lionel näherte.

»Wer ist diese Frau?«, flüsterte Marshall und nickte zum Wohnzimmer hin. Caroline verrenkte sich den Hals, um etwas am Tischende zu lesen. Sie rückte auf die Sofakante vor, nahm die Einladung zu Maddox' Benefizveranstaltung am Montag in die Hand, las sie rasch und legte sie wieder zurück.

Schnüffler, dachte Marisa, die sie aus den Augenwinkeln beobachtet hatte. Die schlechten Manieren der Frau waren nicht zu übersehen. Offenbar hatte sie nie eine ordentliche Tracht Prügel bekommen.

»Ich kenne sie nicht«, sagte Marshall. »Oder wenn doch, dann nur ganz flüchtig. Die Sache ist die, das ist nicht die Frau, die ich eingeladen habe. Also, wie heißt sie?«

»Caroline Lane, Sir.«

»Nein.« Marshall schüttelte heftig den Kopf. »Das ist nicht Caroline Lane.«

Lionel räusperte sich. »Ich fürchte, doch, Sir.«

»Chris?«, rief Caroline munter, seinen Namen auf drei Silben dehnend. »Ihr Zitat in der *Times* hat mir gut gefallen.« Sie klopfte aufs Sofa und rutschte ein Stück beiseite. »Kommen Sie, setzen Sie sich zu mir.«

Mit fast einem halben Meter Abstand nahm er neben ihr Platz.

»Wissen Sie«, sagte er nonchalant, »das ist wirklich sehr merkwürdig.«

»Was ist merkwürdig, mein Lieber?« Sie rutschte näher an ihn heran.

»Es gibt da jemanden«, sagte er. »Ich weiß bloß nicht, wo ich die Person gesehen habe.«

»Wovon reden Sie? Jemand, den ich kenne?«

»Ja. Die Frau, die gestern bei Ihnen zu Besuch war. Aus Südamerika oder dem Mittelmeerraum, mit einem etwa zehnjährigen Jungen…«

Lionel hielt unvermittelt inne und blickte Marshall an, dann wandte er seine ausdruckslose Miene Marisa zu, die eifrig das Silber polierte.

Caroline machte ein verdutztes Gesicht. »Rachel Hoffberg? Aus Südamerika oder dem Mittelmeerraum? Das haut nicht hin. Sie ist ein nettes jüdisches Mädchen aus Westport, und sie ist präklimakterisch, aber sagen Sie ihr nicht, dass ich Ihnen das erzählt hab.«

»Wie?« Marshall atmete tief durch und bemühte sich, seine wachsende Verärgerung über diese Frau und ihr dummes, sinnloses Geschwätz zu verbergen. Was hatte sie hier verloren? Wie war sie hierher gekommen? Und wie sollte er sie wieder loswerden? Nach einer Pause, die bereits peinlich zu werden drohte, sagte er: »Sie wohnen in der Park-Suite, nicht wahr?«

»Ja.« Sie lächelte reizend. »Wie Sie sehr gut wissen.«

Marshall zuckte mit den Schultern. »Das ist wirklich verdammt merkwürdig. Das kann man wohl sagen.«

In der Kochnische der York-Suite faltete die besorgte Marisa gerade ein Tuch und legte es um den Hals der Flasche weißen Burgunders, die in einem silbernen Eisbehälter kühlte. Lionel beaufsichtigte sie mit besonderer Aufmerksamkeit. Er setzte zu einer Bemerkung an, dann presste er wieder die Lippen zusammen. Aus dem Wohnzimmer drang Stimmengemurmel herüber, hin und wieder schnappten sie auch Wortfetzen auf. Meistens redete Caroline.

»Stecken Sie das Tuch gut fest«, brach Lionel das Schweigen.

Auf einmal stürmte Marshall durch die mit einer Jalousie versehene Tür herein. Er wirkte zerstreut, und das Haar stand ihm zu Berge, da er sich ständig am Kopf kratzte.

»Lionel«, flüsterte er mit einem Anflug von Verzweiflung in der Stimme.

Marisa erstarrte, mit dem Rücken zu ihm.

»Sir?«

»Die besagte Frau – sie ist knapp eins siebzig groß, hat dunkles Haar, ist ausnehmend hübsch – ich würde sie als Schönheit bezeichnen – und hat einen Jungen mit Namen Ty. Ich hab das alles doch nicht geträumt. Was zum Teufel geht hier vor? Ich glaub, ich dreh durch.«

Lionel warf Marisa einen Blick zu, dann sagte er: »Es tut mir Leid, Sir.«

»Es braucht Ihnen nicht Leid zu tun. Finden Sie sie einfach.«

Widerwillig kehrte er ins Wohnzimmer zurück. Caroline klopfte auf ein Kissen, und er nahm wieder Platz.

»Ich liebe Ihre Reden«, sagte sie. »Ich verfolge sie.«

»Sie… verfolgen sie?«

Sie lachte perlend und sagte: »Ich Dummchen – ich meine

natürlich, ich *lese* sie. Übrigens, hab ich Ihnen schon gesagt, dass ich Ihr Zitat in der *Times* gelesen habe?«

»Das sagten Sie bereits.«

»Politik muss sehr aufregend sein.«

»Eigentlich nicht. Im Grunde ist es ein Verkäuferjob. Man verkauft seine Ideen und sich selbst. Das ist nicht sonderlich glamourös.«

»Meine Kristallkugel sagt mir, dass Sie eine großartige Karriere vor sich haben.«

Er hob die Hand. »Bitte«, flehte er.

Endlich wurden sie zum Essen gerufen.

»Das sieht ja toll aus«, bemerkte sie aufgekratzt.

Marshall nickte und starrte düster auf den Wein, den Lionel einschenkte.

»Wir bemühen uns hier alle, den Buchwald-Nachlass zu ergattern«, vertraute Caroline ihm an. »Christies meinte, der sei weggeschlossen, aber ich treffe mich morgen mit der Großtante. Der Schmuck allein ist eine halbe Milliarde wert.«

»Ach, wirklich?«, sagte Marshall, der kaum hinhörte. Die Langeweile hatte ihn wie Klebstoff eingesponnen und machte ihn unempfänglich für die Vorgänge um ihn herum.

»Aber ich würde gern mehr über Sie erfahren.«

»Da gibt es nicht viel zu erzählen. Mein Leben besteht größtenteils aus Plackerei.«

»Die Zeitungen berichten was anderes«, meinte sie und lachte auf.

Als Marisa ein Gericht aufs Sideboard stellte, wandte Caroline sich herum und bemerkte sie.

»Ach, Maria«, sagte sie.

Marisa hatte den Rücken dem Tisch zugewandt, spürte aber seinen Blick. Sie bekam kaum Luft. »Miss?«, sagte sie ganz leise.

»Könnte ich ein paar Eiswürfel haben?«

Marisa sandte ein Stoßgebet gen Himmel (*Gott, bitte hilf mir, diese Situation zu überstehen!*) und wollte sich umdrehen, doch Lionel kam ihr zuvor. Er nahm eine Schüssel und einen Löffel vom Servierwagen und brachte sich mit ein paar eiligen Schritten zwischen Marisa und dem Tisch in Stellung.

»Wenn Sie gestatten«, sagte er.

Mit undurchdringlicher Miene löffelte er Eis ins Glas. Ohne sich umzusehen sagte er: »Das wäre dann alles, Miss Ventura.«

Beim Hinausgehen musste sie sich zusammennehmen, um nicht zu rennen.

Später am Nachmittag schlüpfte Marisa in der Umkleide in ihre Straßenkleidung und zog den Gürtel ihres leichten Regenmantels stramm. Es sah nach Regen aus. Sie setzte einen Regenhut auf und reichte Ty die Windjacke, die sie für Notfälle im Spind aufbewahrte.

»Zieh das an«, sagte sie. »Ich möchte nicht, dass du mit nassen Sachen auf die Party gehst.«

»Es regnet doch nicht.«

»Aber es ist Regen angesagt. Wir wollen es nicht drauf ankommen lassen.«

Ty betrachtete das Foto mit der Angestellten des Monats und las die Aufschrift der Plakette.

»Hey, Ma«, sagte er. »Was soll das heißen – ›Streb nach Unsichtbarkeit‹. Ist das nicht irgendwie seltsam?«

Sie schloss den Reißverschluss der Windjacke. »Ich weiß nicht, Ty. Komm schon. Wir haben eine Menge vor.«

Sie schritten eilig durchs Souterrain.

»Ist das etwas Gutes?«

»Was?«

»Unsichtbarkeit.«

»Oh – das ist nicht wörtlich gemeint. Die Gäste lassen sich halt gern bedienen, wollen aber nicht mitbekommen, wer die Arbeit macht.«

»Das klingt irgendwie seltsam.«

»Ja, aber so ist es nun mal.«

»So ist es nun mal«, wiederholte er nachdenklich. »Also, ich will nicht, dass du für mich mal unsichtbar wirst, okay?«

Sie drückte seine Hand. »Ja, Schatz, okay.« Sie ließ seine Hand nicht los.

Auf Keefs Monitoren wurde das Kommen und Gehen der Menschen auf verschiedenen Etagen festgehalten. Als Marisa und Ty vorbeigingen, sah er auf.

Marisa nickte dem älteren Mann zu und zwinkerte grinsend. »Wir laufen mal eben zu Barnes & Noble rüber.«

Ein Lächeln machte sich auf Keefs Gesicht breit. »Wieder mal ein interessanter Tag, nicht wahr, Marisa?«

»Ich weiß nicht. Findest du?«

»Sag du's mir.« Sein Lächeln wurde breiter. »Netter Lunch im zweiundzwanzigsten Stock?«

Marisa kniff ein Auge zu. »Liegt was an, Mystery Man? Hast du mir etwas zu sagen?«

»Na ja«, meinte er gedehnt, »wie oft hast du schon bei mir die Monitore angeschaut? Wie oft haben wir uns am Kommen und Gehen der Hohen und Mächtigen erfreut?«

»Tausende Male«, warf Ty mit einem durchtriebenen Blick auf seine Mutter ein.

»Und was haben wir heute gesehen, junger Mann?«

»Ach – bloß ein Kommen und Gehen.«

Marisa funkelte beide an. »Ty – warte dort drüben. Ich möchte mich mit Keef unter vier Augen unterhalten.«

»Aber Ma, er hat doch bloß…«

»Ty! Dort drüben.«

Er entfernte sich ein paar Schritte und spitzte die Ohren, während Marisa sich zu Keef vorbeugte. »Also, was gibt's, Gott?«

»Na ja, du weißt ja, Marisa«, sagte Keef mit seiner bedächtigen, melodiösen Stimme, »dass ich gehalten bin, Fehlverhalten der Angestellten zu melden.«

Marisa starrte ihn an; sie wusste nicht, ob sie lachen oder die Stirn runzeln sollte. Ihres Wissens hatte Keef in all den Jahren noch nie jemanden beim Management angeschwärzt.

»Es gibt nur eine Möglichkeit, mir den Mund zu verschließen.«

»Und die wäre, Keef?«

Er blickte ihr in die Augen, dann senkte er die Lider, beugte sich vor und spitzte die Lippen. Unwillkürlich musste sie lächeln, und Ty kicherte.

»Was bist du doch für ein alter Lustmolch.«

»War niemals zu jung dafür.« Er reckte Ty den nach oben gestreckten Daumen entgegen. »War ein netter Tag an den Monitoren, nicht wahr, mein Junge?«

»War'n prima Tag, Keef.«

Marisa fasste Ty bei der Hand. »Du steckst in Schwierigkeiten, junger Mann. Ihr steckt beide in Schwierigkeiten.«

Als sie hinausgingen, rief Keef ihr hinterher: »Halt mir einen Tanz auf der Party frei. Als Schweigegeld, weißt du.«

11

Als Marisa und Ty aus dem Beresford traten, um bei Barnes & Noble einzukaufen, schickten sich Monique und Anouk, die beiden französischen Pudel, in der Lobby gerade zum Auschecken an. John Bextrum und ein Zimmermädchen von der Nachtschicht näherten sich ihnen und dem Gebirge von Gepäck. »Ich hoffe, Sie hatten einen angenehmen Aufenthalt«, sagte Bextrum.

»Ausgezeichnet«, antwortete Monique.

»Ein reizendes Hotel«, setzte Anouk hinzu.

Er blickte sich hektisch um, ob sie beobachtet wurden, dann zog Bextrum drei Frotteebademäntel aus einer Einkaufstüte hervor.

»Bedauerlicherweise sind die Bademäntel nicht im Preis inbegriffen.«

»Ist gut«, meinte Monique blasiert. »Das ist kein Problem.«

»Wir haben sie für eine gute Sache mitgenommen«, sagte Anouk. »Wir wollen sie Obdachlosen schenken.«

Bextrum schenkte ihnen sein antrainiertes höfliches Lächeln, das allerdings nicht ganz so glatt wie gewöhnlich ausfiel und seine Anspannung verriet. »Sehr interessant. Bademäntel für die Obachlosen.«

Das Zimmermädchen flüsterte mit Bextrum.

»Ah, ja«, sagte er und nickte. »Meine Damen, da wären auch noch die silbernen Seifenschalen. Und offenbar fehlt auch noch etwas Silberbesteck …«

Unverändert herablassend und im Wissen, dass sie ertappt worden waren, sagte Monique: »Setzen Sie's auf die Rechnung, Mr. Bextrum, wenn Sie so freundlich wären. Wir dürfen unser Flugzeug nicht verpassen.«

»Das werde ich tun, Madame«, erwiderte er ernst, mit einer angedeuteten Verbeugung, und blickte zu Caroline Lane hinüber, die mit einer Freundin zum Conciergetresen eilte.

»Ich bin Caroline Lane«, sagte sie mit gut vernehmbarer Stimme, »aus der Park-Suite.«

»Ja, Madame?«

»Ich habe wegen einer Eintrittskarte für die morgen Abend stattfindende Benefizveranstaltung von Maddox telefoniert.«

»Ja«, antwortete der Angestellte. »Wir konnten Ihnen einen Platz auf der Hauptetage besorgen, unmittelbar neben Mr. Marshalls Tisch.«

»Nicht an seinem Tisch?«

»Das war leider nicht möglich, Madame.«

Sie seufzte und knirschte mit den Zähnen. »Wie viel kostet das Ticket?«, fauchte sie.

»Dreitausend Dollar«, antwortete der Concierge. »Wenn ein Paar getrennt wird, erhöht sich der Eintrittspreis. Einzelne sind schwerer zu platzieren.«

Caroline beugte sich über die Theke vor und zischte: »Was soll das heißen, steht das im Internet? *Bin ich eine Ex?*«

»Madame, bitte verstehen Sie mich nicht falsch, ich spreche von Eintrittskarten, nicht von…«

»Weiß das ganze Hotel Bescheid?«, rief sie, zu aufgebracht, um seine Bemerkung zu verstehen. »Trage ich ein Kainsmal auf der Stirn – unsauber? *Unverheiratet?* Bin ich gebrandmarkt?«

»Caroline, ich bitte dich!«, warf Rachel ein.

»Ich spreche von Einzelkarten«, sagte der Concierge mit einem besorgten Blick auf Bextrum.

»Was?«

»Es geht um die Tickets, meine Liebe, nicht um dich«, sagte Rachel. Mit gesenkter Stimme fügte sie hinzu: »Krieg dich wieder ein.«

»Ich weiß, ich *weiß*«, sagte Caroline. Sie wandte sich wieder an den Concierge und rang sich ein Lächeln ab. »Bitte setzen Sie's auf die Rechnung.«

»Sehr wohl, Madame.« Er nickte erschöpft und wich ihrem hektischen Blick aus.

Als Caroline und Rachel das Beresford verließen, fuhren gerade Marshall und Jerry Siegel in einem Wagen mit Fahrer daran vorbei.

»Mein Gott, das ist sie!«, rief Marshall und machte sich ganz klein, sodass sein Kopf unter der Fensterkante verschwand.

»Wer?«

»Diese Frau. Das Monster, das bei mir zum Lunch war. Hat sie uns gesehen?«

»Die Luft ist wieder rein.«

Marshall seufzte schwer. »Wie konnte es bloß zu dieser… dieser französischen Farce kommen? Es muss eine Erklärung geben.«

»Ich finde sie sehr attraktiv.«

»Aber das ist nicht die Frau, mit der ich mich treffen wollte. Das ist nicht die Frau, die ich zum Essen eingeladen habe. Und ich finde sie überhaupt nicht attraktiv. Eine Blenderin, durch und durch. Von der Sorte kenne ich Dutzende.«

»Ich weiß nicht, was ich sagen soll, Mann. Ich weiß es wirklich nicht. Ich hab mit dem Manager gesprochen, und der meinte, in der Park-Suite gäb's nur eine einzige Caroline Lane – nicht nur in der Park-Suite, sondern im ganzen Hotel. Punkt.«

Während der Wagen durch den Sonntagsnachmittagsverkehr schlich, schaute Marshall düster aus dem Fenster. Plötzlich straffte er sich, zeigte nach draußen und sagte: »Da sind sie ja! Ty und Caroline!« Sie bogen gerade um eine Ecke und wandten sich zur Madison Avenue.

»Anhalten, Fahrer.«

Noch ehe der Wagen am Bordstein gehalten hatte, riss Marshall die Tür auf und sprang hinaus. »He«, rief er, »warten Sie!«

»Hey, Chris…« Ty klatschte mit einem breiten Grinsen mit ihm ab. Marisa musterte ihn verblüfft.

»Soll ich Ihnen etwas Merkwürdiges erzählen?«, sagte Marshall und musterte Marisa dabei forschend. »Ich habe Sie heute zum Lunch eingeladen, aber es kam jemand anders. Was ist passiert?«

»Ich weiß nicht, wovon Sie sprechen.«

»Aber Lionel, der Butler, hat mir versichert, Sie hätten die Einladung bekommen. Und eine Dame, die sich Caroline Lane nannte, kam zum Lunch, aber das waren nicht Sie. Ich habe *Sie* eingeladen.«

»Ich fürchte, ich kann das Rätsel auch nicht auflösen.«

»Wohnen Sie denn noch im Beresford?«

»Nein – wir sind umgezogen. Ein ganzes Stück weg.«

»Großartig«, sagte er. »Springen Sie rein. Ich lasse Sie hinfahren. Wir sind unterwegs nach Harlem. Dann lassen wir Sie unterwegs raus – in der Upper Eastside?«

»Äh, nein, danke. Wir sind ein paar Blocks von hier zu einer Party eingeladen, und vorher wollen wir noch zu Barnes & Noble.«

»Wie kann ich Kontakt mit Ihnen halten?«

Sie versuchte, seinem Blick auszuweichen, der sie wie ein Magnet anzog und sie ganz wehrlos machte. Er bedeutete Ärger. Sie wollte, dass er wegging und sich aus ihrem Leben heraushielt. Ein anderer Teil von ihr aber war ganz elektrisiert von dem Umstand, dass er in dem Moment aufgetaucht war, als sie an ihn gedacht hatte.

Ty sagte: »Ihre Handynummer lautet neun-eins-sieben…«

»Wie wär's, wenn ich Sie anrufe?«, fiel Marisa ihm ins Wort.

Jerry Siegel eilte herbei und reichte ihr eine Visitenkarte. »Sie können Mr. Marshall über mich erreichen. Wie lautet Ihr Nachname?«

»Lane«, antwortete Ty an ihrer Stelle. »Und Ihrer?«

»Siegel.« Er sah auf die Uhr. »Chris, wir müssen uns beeilen. Wir wollen doch nicht zu spät kommen.«

Als Marshall sie bei der Hand fasste, spürte sie seinen brennenden Blick. »Rufen Sie mich unter dieser Nummer an, Caroline. Bitte.«

Sie steckte Siegels Karte lächelnd ein.

»Hör mal«, sagte Siegel, »du musst eine Rede halten und wirst dich verspäten. Ich halte das für keine gute Idee.«

»In Harlem?«, fragte Marisa. »Zu welchem Thema?«

»Es geht um Nachbarschaftsprojekte«, antwortete Marshall. »Wie man wieder eine funktionsfähige Nachbarschaft herstellen kann.«

»Ach, wirklich?« Sie lachte kurz auf, halb skeptisch, halb spöttisch. »Sie sprechen vor den Bewohnern von Harlem über neue Projekte, vor Menschen, deren Zuhause das ist? Also, das ist… interessant.«

»Das denken wir auch«, meinte Siegel ungeduldig. »Chris – komm endlich, Mann. Wir müssen weiter.«

Marshall schickte sich zum Einsteigen an, dann aber hielt er inne und wandte sich zu Marisa um. »Was verschweigen Sie mir, Caroline?«

Sie atmete tief durch. »Nichts.«

»Sagen Sie's mir«, meinte er. »Ich will wissen, was Sie denken. Ich will es wirklich wissen.«

»Sag's ihm, Ma«, sagte Ty.

»Na ja«, begann sie zögernd, »ich denke mir Folgendes. Ich glaube, Sie beide sollten mal ein bisschen Zeit bei den Projekten verbringen. Nicht bloß mal schnell vorbeischauen. Lernen Sie die Leute kennen, nicht indem Sie eine Rede halten, sondern indem Sie sich anhören, was sie zu sagen haben. Dann brauchen Sie keine Reden mehr auswendig zu lernen. Dann fliegen Ihnen die Worte ganz von selbst zu – weil sie von Herzen kommen.«

Marshall schüttelte den Kopf, verschlang sie mit seinen blauen Augen. »Das war ziemlich eloquent«, sagte er. »Und um ehrlich zu sein, habe ich keine Ahnung, was ich darauf erwidern soll.« Er lächelte. »Das ist schon was, einen Politiker sprachlos zu machen.«

»Ich hör Sie ja noch immer reden«, entgegnete sie, scin Lächeln erwidernd.

»Glauben Sie mir, ich bewege bloß die Lippen.«

Siegel ging unvermittelt in die Offensive. »Was macht Sie eigentlich zur Expertin, Ms. Lane?«

»Also, ich bin dort aufgewachsen«, antwortete Marisa. »Ich habe mein ganzes Leben in der Welt der Wohnblocks verbracht. Und ich bezweifle, dass Sie mir viel Neues erzählen oder mir etwas raten könnten, das ich nicht schon tausend Mal von wohlmeinenden Menschen wie Ihnen gehört hätte.« Sie musterte Marshall kurz. »Guten Abend.«

Sie und Ty entfernten sich Richtung Madison Avenue.

Der Wagen fuhr weiter, und einen Moment lang saßen Siegel und Marshall schweigend da. Marshall war auf dem Sitz zusammengesunken und hatte die Augen geschlossen.

»Wer zum Teufel ist diese Frau?«, meinte Siegel schließlich.

»Ich sag dir, was sie nicht ist. Sie ist anders als alle anderen Frauen, die ich bislang gekannt habe. Sie ist keine Blenderin.

Sie hat den Kopf nicht voller Theorien und pseudointelligenter heißer Luft. Sie blickt nicht auf andere hinab. Eines weiß ich, Jerry – sie steht mit beiden Beinen fest auf dem Boden der Tatsachen.«

»Ach geh, das kannst du nicht wissen. Um ehrlich zu sein, höre ich bei ihr ein bisschen Ghetto heraus.«

»Da irrst du dich.« Marshall straffte sich und wandte sich zu seinem Berater um. »Ich habe einen Auftrag für dich«, sagte er.

»Schieß los, Boss.«

»Also, eher handelt es sich um einen Deal. Um einen Deal, den du nicht ausschlagen kannst.«

»So? Ich bin ganz Ohr.«

»Willst du, dass ich morgen Abend zu der Benefizveranstaltung gehe? Also, dann musst du sie dazu bringen, mich zu begleiten.«

»*Diese Frau?*«

»Ja, die. Und wenn dir das gelingt, Kemo Sabe, dann schwöre ich, jedes beliebige Körperteil von Maddox zu schütteln. Sind wir im Geschäft?«

Siegel dachte darüber nach und murmelte vor sich hin. »Du verlangst einen ganz schön hohen Einsatz von mir.«

»Ja oder nein?«

Seufzend streckte Siegel die Hand aus. »Ich bin dabei«, sagte er.

Um sechs Uhr war die Beresford-Party zu Ehren der scheidenden stellvertretenden Geschäftsführerin Christina Howard in der Cafeteria in vollem Gange. Laute, pulsierende Musik mit einem kräftigen Disco-Beat füllte den Raum. Auch außerhalb der Arbeitsstunden war das Kastensystem noch wirksam: Zimmermädchen mit Zimmermädchen, Hausdiener mit Hausdienern, Butler mit Butlern, Küchenpersonal mit Küchenpersonal,

Handwerker in Overalls, die an Tischen Bier tranken und um Dollars würfelten. An der Wand standen die Nichttänzer und beobachteten das Geschehen, während die Ober vom Zimmerservice mit den Zimmermädchen tanzten. Die Butler waren wie die Hausdiener eher Beobachter als Teilnehmer und schienen sich weniger zu amüsieren als die anderen, als ob ihre gehobene Stellung in der Hierarchie des Beresford eine Bürde für sie darstellte. Bloß die Angehörigen des Managements wechselten unbeschwert von einer Gruppe zur anderen und verströmten munteres Noblesse Oblige.

Ty verbrachte die folgenden drei Stunden damit, Mugsy Gorshin, dem DJ, CDs anzureichen. Um neun war die Tanzfläche gut gefüllt; Mugsy legte ›Good Times‹ auf, worauf noch wilder getanzt wurde.

Marisa und Stephanie schauten von einem Tisch aus zu. »Ein toller Song«, schwärmte Marisa, sich im Takt der Musik bewegend. »Fährt einem in die Glieder.«

»Du bist schon ganz schön herumgehopst heut Abend. Sieht dir gar nicht ähnlich, Mädel.«

»Ich weiß. Mir ist halt danach.«

»Hey, Mugs«, rief Stephanie dem DJ zu, »spiel mehr von dem Zeug, Marisa und ich wollen ein paar neue Bewegungen ausprobieren.«

»Nur zu, Ladys!«, schrie er zurück. »Ich würd wirklich mal gern sehn, wie Marisa so ist, wenn's zur Sache geht.«

»Das wird dir noch Leid tun!«, meinte Marisa lachend.

»Ihr habt lange genug rumgehockt, Mädels«, rief Mugsy. »Wird allmählich wieder Zeit für Action.«

»Hey, Maris«, sagte Stephanie und stieß sie an. »Vier Uhr, drüben am Tablett mit der Lasagne. Guck dir *den* mal an.« Ein großer, muskulöser Mann mit Schnurrbart wiegte sich im Takt der Musik in den Hüften.

»Ein ganz schöner Brocken, wie? Ich mein, ’n richtiger Sexbolzen.«

»Hm«, machte Marisa nach einem kurzen Blick. »Ein Valentino der Arbeiterklasse.«

»Und?«

»Nicht mein Typ.«

»Das ist Tito, ein Expedient. Erst seit ein paar Tagen dabei. Hab ihn schon für dich vorreserviert.«

»Schlampe«, meinte Marisa lachend.

»Ich würd eher sagen, ein scharfer Zahn mit gesundem Geschlechtstrieb.«

»Steph«, sagte Marisa mit gesenkter Stimme, »sieben Uhr am schwarzen Brett.«

Am Eingang stand Lionel und musterte das Getriebe.

»Der große Lionel Bloch«, meinte Stephanie. »Na und? Den seh ich bei der Arbeit ständig.«

»Ich frag mich, warum er jetzt erst kommt. Ich mach mir Sorgen um ihn.«

»Warum?«

»Ich mag ihn.«

»Also, ich nich. Er is ’n Arschloch. Ohne Herz und Seele.«

»Ich glaube, er versteckt viel von sich«, sagte Marisa. »Und ich glaube, ihm geht’s nicht gut.«

»Er säuft wie ’n Loch.«

»Das ist doch bloß so ’n Gerücht.«

»Is das dein Ernst? Ich hab seine Fahne gerochen.«

»Ich hab ihn seit dem Lunch nicht mehr gesehn«, meinte Marisa. »Das ist ungewöhnlich. Irgendwas stimmt da nicht.«

»Mach mal halblang. Weshalb zerbrichst du dir über den alten Knochen den Kopf, der dir nich mal die Uhrzeit sagen würde, wenn du ihn fragst? Ich verrat dir was – Bextrum hat ihn auf dem Kieker.«

»Ach? Warum?«

»Der gute alte Lionel hat den Tatterich. Außer dir is allen klar, dass der Mann ein Säufer is. Er soll entlassen werden, wenn er nich bald trocken wird.« Sie hob eine imaginäre Flasche an den Mund und tat, als würde sie trinken.

Marisa schüttelte den Kopf. »Das glaub ich nicht, Steph. Eine Menge Leute können ihn nicht leiden, weil er... na ja, er ist sehr verschlossen. Er besitzt einen großen Stolz, und er schmeißt sich nicht ans Management ran. Ich glaub, er is krank. Das spür ich.«

»Du hätt'st Krankenschwester werden soll'n. Von den Barmherzigen Schwestern.«

»Also, ich mag ihn. Außerdem hat er mir heut Nachmittag aus der Patsche geholfen. Das hätte er nicht tun brauchen.«

Stephanie neigte den Kopf in Bextrums Richtung, der gerade seine Runde machte. »Werd erwachsen, Mädel. Lionel gehört zur anderen Seite. Zum Management. Mach dir nichts vor. Der würde dich in einer New Yorker Sekunde opfern.« Sie trank einen Schluck Bowle und erhob sich. »Und jetzt kümmer ich mich mal um die Nachbarschaft. Mit Tito fang ich an, der wirkt so einsam. Und du solltest das Gleiche tun.« Sie zog den Bauch ein, strich sich das Kleid glatt und ging zu dem muskulösen Expedienten hinüber, wobei sie an Lionel vorbeikam, der mittlerweile bis zur Bowleschale vorgedrungen war. Bextrum kam herbeigeschlendert und reichte dem Chefbutler die Hand. Die Situation drohte sich zur Peinlichkeit auszuwachsen, da Lionels Hand schlaff herabhing und stark zitterte.

»Mr. Bextrum«, sagte Marisa, die auf einmal neben ihm aufgetaucht war und ihn von Lionel ablenkte. Sie reichte ihm ein Glas Bowle. »Hier, für Sie«, sagte sie lächelnd.

»Ich danke Ihnen, Miss Ventura.« Er wirkte überrascht und erfreut und schenkte ihr sein öligstes Lächeln. Als er sich wieder Lionel zuwandte, verflog das Lächeln. »Wir unterhalten uns morgen, Lionel.«

»Ist gut«, erwiderte der Butler stoisch.

Als Bextrum im Gewühl verschwand, schenkte Marisa Lionel ein Glas Bowle ein.

»Alles in Ordnung?«, fragte sie.

»Ja, sicher«, antwortete er kühl und nahm das Glas entgegen. »Danke.«

»Ich wollte Ihnen noch die Sache von heute Nachmittag erklären«, meinte sie verlegen. »Ich meine, mir ist klar, dass es Ihnen ungewöhnlich… vielleicht auch unschicklich vorgekommen sein mag, aber…«

»Ich weiß nicht, wovon Sie reden«, warf Lionel ein, »und dabei wollen wir es auch belassen.« Er stellte das Glas Bowle auf den Tisch, ohne davon probiert zu haben, und schritt langsam am Rand der Tanzfläche entlang. Zahlreiche Tänzer bewegten sich zu der etwas sanfteren Musik von Stevie Wonder. Marisa beobachtete, wie Lionel den Bowler aufsetzte und hinausging.

12

Am nächsten Morgen begann der Arbeitstag im Beresford wie üblich mit der Einweisung der Angestellten durch Paula Burns, doch kurz nachdem sie angefangen hatte, sah Marisa etwas, das ihre ganze Welt ins Wanken brachte. Im Eingang stand Jerry Siegel und schwenkte den Kopf hin und her; offenbar hielt er nach jemandem Ausschau.

»Mein Gott«, flüsterte Marisa Stephanie zu, »gib mir Deckung.«

Sie schlüpfte hinter ihre Freundin und die üppige Clarice.

»Spielst du Verstecken, Mädel?«, fragte Clarice. »Oder is der Trottel in der Tür 'n Spanner? Sieht jedenfalls ganz danach aus.«

»Pst!«, machte Marisa.

»Aufgepasst, Leute!«, rief Paula Burns. »Die Saphiros möchten früh einchecken, deshalb geben wir ihnen die Dior-Suite…«

Stephanie flüsterte: »Alles okay. Er is wieder weg.«

»Mein Gott, er ist wieder da«, sagte kurz darauf Marisa, die zwischen Stephanie und Clarice hindurch zur Tür spähte. Siegel war wieder aufgetaucht und in eine Unterhaltung mit Lionel vertieft.

»O je«, sagte Stephanie.

»Ich glaub, er riecht den Braten.«

»Dann solltest du ihn besser rechtzeitig essen«, meinte Clarice.

Siegel redete weiter, und Lionel nickte. Dann ging Siegel, und Lionel stellte sich wieder zu den anderen.

Paula Burns sagte gerade: »Mr. Newman und seine Mutter werden bis um vier in der Hudson-Suite bleiben…«

Lionel fing Marisas Blick auf und winkte sie zu sich. Kurz darauf drückte er mit verkniffener Miene den Aufzugknopf zum Dach, unter dem die Penthouse-Etage lag. Abgesehen von einem Pagen, der außer Hörweite eine Zigarette rauchte, war niemand auf dem Dach.

»Stimmt was nicht, Mr. Bloch?«

Er musterte sie einen Moment, dann reichte er ihr einen Umschlag mit Prägedruck.

»Mit Ihnen stimmt alles, Miss Ventura. Bloß die Welt ist verrückt geworden.«

Sie befühlte die Einladung. »Was ist das?«

»Ich glaube, Sie kennen die Antwort.«

Marisa nickte. »Ja, ich denke schon.«

»Es sieht so aus, als wäre mein Job in Gefahr, wenn Sie heute Abend nicht bei der Benefizveranstaltung auftauchen.«

»Mr. Siegel setzt Sie unter Druck? Das ist ja furchtbar.«

»Ich bin vielleicht nicht der Einzige, den er unter Druck setzt.«

Marisa schlug sich die Hand vor den Mund. »O mein Gott. Das bedeutet, es könnten noch mehr Leute Bescheid wissen.«

Lionel nickte. »Meiner Rede Sinn. Im Moment hat er noch keine Ahnung, wer Sie sind. Es handelt sich um ein Geheimnis, das zu lüften man ihm aufgetragen hat. Aber was glauben Sie wohl, wie lange es dauern wird, bis er herausfindet, dass die Frau mit dem Sohn namens Ty in der Park-Suite sauber gemacht hat, anstatt darin zu wohnen? Ehrlich gesagt glaube ich, Ihnen bleibt gar keine andere Wahl, Miss Ventura. Ich schlage vor, wir nehmen die Einladung unverzüglich an.«

»Kommen Sie denn mit?«, fragte sie hoffnungsfroh.

Die Andeutung eines Lächelns kräuselte seine Lippen. »Ich habe mich des Pluralis Majestatis bedient.«

»Oh«, machte sie verständnislos. Sie berührte Lionel am Ärmel. Er blickte sie unverwandt an, als habe er nichts davon bemerkt. »Ich kann gar nicht glauben, dass Marshall das von ihm verlangt. Das sieht ihm gar nicht ähnlich.«

»Ich bin mir ziemlich sicher, dass er damit nichts zu tun hat.« Lionel zögerte. »Sein Berater hat seine eigenen Methoden.«

»Der kennt keine Skrupel.«

»Das ist nicht der rechte Zeitpunkt für Beschuldigungen«, sagte Lionel. »Die Frage ist, ob Sie mit diesem Arrangement einverstanden sind. Es liegt an Ihnen.«

»Habe ich denn eine Wahl?«

»Ich denke schon. Aber dann verlieren wir beide unseren Job.«

»Das ist keine Alternative.«

»Da haben Sie wohl Recht.«

»Ich gehe hin«, sagte sie. »Abgemacht. Ich geh hin.«

Lionel musterte sie, als prüfe er bei einem Gedeck, ob Messer und Gabeln, Teller und Gläser auch alle am rechten Platz waren. »Wir werden dafür sorgen, dass Sie angemessen gekleidet und ausgestattet werden.«

Marisa nickte überwältigt.

»Da wäre noch etwas«, fuhr er fort. »Nach diesem Abend müssen Sie sicherstellen, dass Sie ihn nie wiedersehen. Habe ich mich verständlich ausgedrückt?«

»Das geht auf Mr. Siegel zurück, hab ich Recht?«

»Das ist ohne Belang. Ist das klar, Miss Ventura?«

»Na prima«, meinte Stephanie, die sich ihnen mit einer brennenden Zigarette im Mundwinkel näherte. »Ich könnt jetzt sagen, ›was für ein Zufall‹, euch beide hier auf dem Dach anzutreffen. Aber ich hab mir schon gedacht, dass ihr auf ein wenig Abgeschiedenheit aus sein würdet.«

»Da haben Sie sich nicht getäuscht, Miss Kehoe«, bemerkte Lionel trocken.

Sie musterte ihn lächelnd. »Wissen Sie, Lionel – Sie haben doch nichts dagegen, wenn ich Sie Lionel nenne, oder? Wissen Sie, es is richtig cool von Ihnen, dass Sie Marisa helfen. Viele Leute halten Sie nämlich für 'nen eingebildeten Snob.«

»Steph!«, sagte Marisa mit einem besorgten Blick auf Lionel.

Der aber wirkte eher amüsiert als verärgert. »Ich sollte vielleicht erwähnen, dass ich keine sonderlich gute Partie bin, Miss Kehoe. Mein Job ist in Gefahr.«

»Sagen Sie, was Sie wollen, ich find Sie trotzdem cool. Sie setzen sich für meine Freundin ein.«

»Wie freundlich von Ihnen. Ich nehme an, Sie wissen Bescheid.«

»Richtig geraten. Es war ja nich schwer, eins und eins zusammenzuzählen. Ich weiß von der Veranstaltung heut Abend und hab gesehn, wie der Arsch Ihnen zugesetzt hat.«

Lionel wandte langsam den Blick von Stephanie und schaute wieder Marisa an. »Sie haben für den Rest des Tages frei.«

»Sie wird unmoralische Unterstützung brauchen«, erklärte Stephanie.

»Moralische Unterstützung, wollten Sie wohl sagen.«

»Das ist das Netteste, was Sie mir je gesagt haben, Sir«, meinte sie mit breitem Grinsen.

»Ich denke, ich kann Ihren Arbeitsplan ebenfalls ändern, Miss Kehoe.«

»Klasse! Wir werden so verstohlen zu Werke gehen wie zwei Tarnkappenbomben. Sie werden nich mal merken, dass wir da sind, aber wir werden's hinkriegen.«

Abermals sah er so aus, als würde er jeden Moment lächeln. »Ich verlasse mich darauf.«

Wer eine Zeitlang in einem großen Hotel arbeitet, entwickelt unweigerlich ein großes Netzwerk von Freunden und Kumpanen, und das galt auch für Marisa und Stephanie. Sie kannten die Menschen, die dafür sorgten, dass das Beresford brummte, namenlose Menschen, die für das reibungslose Funktionieren des Hotels jedoch von ausschlaggebender Bedeutung waren – die Floristinnen, Schneiderinnen, Handpflegerinnen, Friseurinnen, Verkäuferinnen –, und so schwammen sie durch den Blutkreislauf des Hotels und sammelten ihre Freundinnen hinter sich, diese schwer arbeitenden Frauen. Heute galt es, innerhalb von Stunden ein Wunder zu vollbringen.

Frances erwartete sie am Eingang des Valentino-Shops in der Lobby. »Hier sind wir, Michelle!«, rief sie den beiden Verkäuferinnen hinten im Laden zu. Sie umarmte Marisa innig. »Hallo, Aschenputtel, an diesen Abend wirst du dich ewig erinnern.« Sie geleitete Stephanie und Marisa ins Hinterzimmer, wo Michelle mit Dutzenden von Valentino-Originalen wartete, die sie zur Anprobe nebeneinander gehängt hatte. Lily stand mit Nadel und Faden bereit.

»Wir haben eine Stunde Zeit, dann kommt Myrna auf ihrem Besen. Los, Mädels, packen wir's an!«

Marisa wirbelte in einem prachtvollen Abendkleid nach dem anderen im Hinterzimmer im Kreis und legte eine richtige Modenschau hin.

»Am liebsten würd ich sie alle tragen!«, rief sie aus.

Stephanie lachte. »Das glaub ich dir aufs Wort. Welche Frau würde das nicht?«

Währenddessen standen Ty und Keef an der Theke von Harry Winstons's Juwelierladen in der Lobby des Beresford. Cora, die Verkäuferin, sagte mit einem nervösen Lächeln: »Okay, Ty, gehen wir's noch mal durch.«

Er lächelte freundlich. »Ist gut.«

»Konzentrier dich. Augen geradeaus.«

»Der Junge ist schon konzentriert«, meinte Keef. »Mach dir deswegen keine Sorgen.«

Ty stand gerade aufgerichtet da und hing an ihren Lippen.

»Noch einmal«, sagte sie. »Das ist die Harry-Winston-Halskette.«

Ty nickte. »Ich weiß. Und sie kostet mehr, als ich in zehn Leben verdienen könnte.«

»Gut. Und weiter?«

»Sollte sie sich auch nur für einen Moment vom Hals meiner Mutter entfernen, werde ich zur Adoption freigegeben, während sie im Gefängnis verschimmelt. Genau Ihre Worte.«

»Braver Junge! Ich sollte noch hinzufügen, dass ich in diesem Fall bei ihr in der Zelle landen werde.«

Sie wollte nach einem Handkoffer greifen, doch Keef kam ihr zuvor.

»Den bewache ich«, sagte er. »Das hab ich Marisa versprochen.«

»Das erleichtert mich sehr«, bemerkte Cora sarkastisch.

»Aber Cora, meine Liebe. Vertraust du mir etwa nicht?«

»Du Schlawiner, wenn irgendwas passiert, wartet auch auf dich eine Zelle.«

Cora langte über die Theke und kniff Ty in die Wange. »Bye, mein Schatz. Und wünsch deiner Mom viel Glück.«

Im Hotelbad bearbeitete Elle, die Handpflegerin, gerade Marisas Fingernägel, als Ty und Keef ihr den Schmuck brachten. Sie öffnete den Koffer und starrte die Halskette mit offenem Mund an. »Mein Gott«, sagte sie. »So etwas Schönes habe ich noch nie gesehen…«

»Behalt sie ständig an«, sagte Keef, »sonst landen wir alle im Kittchen.«

»Wo sind die Ohrringe?«, fragte Stephanie.

Ty zog sie aus der Hosentasche. Marisa hielt sie lächelnd und mit träumerischem Blick in der Hand. »Falls ich träume, Leute, weckt mich bitte nicht auf.«

Keef reichte ihr ein Paket und sagte mit einer tiefen Verneigung: »Ihre Schuhe von Manola-Blanik, Madame«, wobei er wie die Südstaatenausgabe von Lionel Bloch wirkte.

»Verkratz sie nicht, Ma«, sagte Ty. »Sonst… du weißt schon.«

Kurz nach fünf drängten sich in der Näherei die Besucher. Da die Läden in der Lobby soeben geschlossen hatten, standen Michelle, Frances, Elle und Cora zusammen mit Ty, Keef, Stephanie, Clarice und Barbara erwartungsvoll vor dem kleinen, mit einem Vorhang abgeteilten Umkleideraum. Sie alle warteten auf Marisas Erscheinen.

Hinter dem Vorhang drang Lilys Stimme hervor. »Okay, halt still, Marisa. So. Nur noch diese Nadel. Gut. Lass dich mal anschauen…« Ein kurzer Moment der Stille, während die Wartenden den Atem anhielten.

»*Voilá!*«, rief Lily und öffnete den Vorhang. Marisa trat lächelnd hervor und drehte sich vor dem Publikum langsam im Kreis.

Ty fiel die Kinnlade herab.

Stephanie knipste ein paar Fotos.

Barbara stieß einen leisen Pfiff aus.

Keef hauchte: »Wow!«

Clarice sagte: »Mein Gott, Mädel, du bist eine Königin!«

Und dann begannen alle zu applaudieren.

Marisa vollführte einen Knicks.

Zwei Stunden später lehnte Ty im offenen Fenster der Limousine, die am Personaleingang des Beresford wartete, und küsste seine Mutter auf die Wange. Stephanie stand neben ihm und lächelte mit feuchten Augen.

»Bye, Ma«, sagte Ty. »Viel Spaß.«

»Danke, Schatz. Du hörst jetzt auf Stephanie – und geh schlafen, wenn sie es dir sagt, okay? Ohne Widerrede.«

»Hals- und Beinbruch«, sagte er.

»Was?«

»Das sagt man so im Showgeschäft. Das heißt so viel wie: Leg einen tollen Auftritt hin – das Publikum soll Augen machen.«

»Ich weiß.«

Stephanie lehnte sich ins Fenster, führte die Finger an die Lippen und warf ihr eine Kusshand zu.

»Ach Gott, ich kriege kaum Luft«, sagte Marisa. »Was mache ich hier, Steph? Das ist Wahnsinn. Eine einzige Lüge.«

»Nein, meine Liebe«, erwiderte Stephanie ernst. »Das is eher wie ein Traum, weißte? Einen Abend lang lebst du ihn für uns alle. Denk nicht an morgen, denk an gar nichts heute Abend. Heute Abend ist das Zimmermädchen eine Lüge – was du jetzt bist, ist die Wahrheit: Du bist eine Prinzessin.«

Marisa drängte die Tränen zurück und drückte ihrer Freundin die Hand.

»Ich weiß nicht, was ich da tue«, meinte sie verwundert. »Es sieht so aus, als hätte ich zum ersten Mal in meinem Leben die Kontrolle aus der Hand gegeben.«

»Und wie fühlt sich das an?«

»Gar nicht so übel«, antwortete Marisa. »Eigentlich fühlt es sich wunderbar an.«

13

Die Lobby des Metropolitan Museum of Modern Art füllte sich allmählich mit schwarzen Cocktailkleidern, Smokings und wohl bekannten Gesichtern; die Gala begann. Der Lärm war bereits ohrenbetäubend, und Chris Marshall, der ein gefrorenes Partylächeln zur Schau trug, fühlte sich belagert. Die Menschen stürzten sich auf ihn wie ein Moskitoschwarm, wünschten ihm einen schönen Abend und wollten sich in seiner Aura sonnen, und sei es bloß für einen Moment.

Eine kräftige Hand legte sich auf seine Schulter. Er wandte sich um und erblickte Harry Schiff, einen Fernsehproduzenten mit großem Herzen und noch größerem Mundwerk. Vor kurzem hatte er sich in der liberalen Showgemeinde ein wenig isoliert, da er die Seite gewechselt hatte, um Marshall bei seiner Kandidatur für den Senatsposten seines Vaters zu unterstützen. Von einigen seiner liberalen Freunde in der Öffentlichkeit verspottet – wenngleich er nicht der Einzige war, der Marshall seinem demokratischen Mitbewerber vorzog, den viele für einen müden Parteigaul hielten –, reagierte Schiff mit einem Meinungsartikel in der *New York Post,* in dem er für Christopher Marshall eintrat. ›Ich sehe in Christopher Marshall weder einen Demokraten *noch* einen Republikaner‹, schrieb er. ›Diese Etiketten verlieren immer mehr ihre Aussagekraft. Ich halte ihn für einen Mann, der unbeirrt gute Entscheidungen trifft, die den Menschen zugute kommen, nicht der Wirtschaft…‹

Marshalls Arm mit festem Griff umklammernd, sagte er:

»Was möchten Sie haben, Chris? Sagen Sie mir, was Sie haben möchten.«

Marshall erwiderte seinen Armdruck. »Bloß Ihre Unterstützung, Harry. Die bedeutet mir eine Menge.«

»Wie wär's mit einem kurzen Auftritt in ›Saturday Night Live‹?«

»Ah, damit sollten wir noch warten. Ich bin mir nicht sicher, ob ich möchte, dass Darrel Hammond mich imitiert. Vergessen Sie nicht, wie es Gore damit ergangen ist.«

»Ich werd Lorne anrufen. Sie wären ideal dafür, und diese Art von Selbstentblößung setzt sich unmittelbar in Wählerstimmen um.«

Siegel mischte sich in die Unterhaltung ein. »Harry, schön, Sie zu sehen.«

»Jerry, ich hab unserem Kandidaten gerade gesagt, er sollte mal in SNL auftreten. Ich könnte das mit Lorne arrangieren.«

»Großartig, fantastisch, Harry. Wir unterhalten uns morgen drüber.«

Siegel und Marshall ließen Schiff stehen und drängten sich durch den Schwarm von Gratulanten, die sich in diesem Meer der Berühmtheiten tummelten.

»Du hast dich zu lange mit Harry Schiff aufgehalten«, flüsterte Siegel Marshall ins Ohr. »Den hast du doch schon in der Tasche. Teil dir deine Zeit ein, Mann.«

Im nächsten Moment rief Siegel begeistert: »Chris – sieh mal, wer da ist!« Denise Gordon, eine bekannte, mehrmals geschiedene Angehörige der oberen Zehntausend, stinkreich und eine potenzielle Unterstützerin von Marshall, näherte sich ihnen und bot ihm ihre Wange zum Kuss.

»Denise«, sagte Marshall und küsste sie pflichtschuldigst auf die Wange. »Schön, Sie zu sehen.«

»Finde ich auch, mein Lieber.« Sie drängte sich näher an ihn heran und sagte: »Ihre Rede bei den Naturschützern. Es lief mir eiskalt den Rücken runter!«

»Danke.«

»Wir müssen uns mal treffen. Zum Lunch oder zum Dinner. Ich habe Ihren Vater immer sehr bewundert.«

»Ja, und das weiß ich auch zu schätzen.«

Als Marshalls Lächeln zu erstarren drohte, mischte Siegel sich ein. »Denise, es ist wunderbar, Sie mal wieder zu sehen. Binky Osborne hat sich eben nach Ihnen erkundigt. Binky?«, rief er, dann drehte er Denise Gordon herum und richtete sie zum Ballsaal hin aus. »Sie sehen toll aus heute Abend«, sagte er, dann schickte er sie los.

Er fasste Marshall beim Arm und führte ihn durchs Gewühl. »Sechzig, wenn ich mich nicht irre. Die ist scharf auf dich, mein Junge.«

»Ist ja widerlich.«

»Da steckt sehr viel Geld drin. Es würde sie nicht verletzen, wenn du ihr das Gefühl geben würdest, jung und schön zu sein.«

»Vor solchen Frauen musst du mich schützen, Jerry, sonst kostet dich das deinen Kopf.«

»Würde ganz schön was ausmachen, wenn wir uns die angeln könnten.«

»Das Leben ist zu kurz.«

»Sagst du.« Siegel deutete zum Eingang. »Gerade ist Maddox mit dem Kongressabgeordneten Grey eingetroffen. Du solltest dem alten Herrn mal ein bisschen Honig ums Maul schmieren.«

Marshall ließ den Blick umherschweifen.

»*Was ist denn?*«, meinte Siegel ungeduldig.

»Ist sie da?«

»Noch nicht. Aber sie wird kommen. Mach schon, Mann, an die Arbeit.«

Die Benefizveranstaltung war mittlerweile in vollem Gange. Im wogenden Meer der Smokings und kleinen Schwarzen tummelten sich die exotischen Spezies, wie sie für gewöhnlich bei derlei Anlässen zu finden sind – Großgrundbesitzer, Firmenmogule, die Jungs von der Regenbogenpresse, Norman Mailer, die Baldwin-Brüder (die seit kurzem ebenfalls Marshall unterstützten), die Hilton-Schwestern, Tim Robbins und Susan Sarandon (auch sie seit neuestem konvertiert) sowie zahlreiche Emporkömmlinge, die sich eine teure Sprosse nach der anderen die gesellschaftliche Leiter von Manhattan emporhangelten.

Marshall und der Kongressabgeordnete Grey schritten in angeregtem Gespräch durch den Ballsaal.

»Sie erinnern mich sehr an Ihren Vater«, sagte der Ältere.

»Danke, Sir. Das fasse ich als Kompliment auf.«

»Allerdings stehen Sie etwas links von der Mitte«, meinte Grey und räusperte sich.

»Das betrachte ich eher als Weiterentwicklung meines Denkens denn als Gesinnungswandel«, erwiderte Marshall gewandt. »Mein Vater und ich haben die Welt mit den gleichen Augen gesehen.«

Wie sie so einherschritten, beobachteten zahlreiche Gäste, darunter auch Siegel und Maddox, die ihnen nachfolgten, den politischen Tanz: Der jüngere Politiker erwies dem älteren seine Reverenz.

»Chris Marshall hält sich gut«, bemerkte Maddox.

»Alles andere würde mich auch wundern«, erwiderte Siegel lachend. »Schließlich haben Ihre Leute ihn angelernt.« Er hob beschwichtigend die Hand. »War bloß ein Scherz.«

Auf einmal blieb Marshall abrupt stehen, denn er hatte Marisa am Eingang bemerkt. Er konnte den Blick nicht von ihr abwenden, so hinreißend sah sie aus. Viele Augen waren auf sie gerichtet, zumal die Augen der Frauen, die sie irgendwo einzuordnen versuchten. Wer war diese bezaubernde Frau? In ihrer Umgebung hatte sich der Lärmpegel um ein paar Dezibel gesenkt.

Als sie Marshall sah, lächelte sie und schritt über die Brücke, die man über einem ›Burggraben‹ aufgebaut hatte, in den Saal hinein.

»Entschuldigen Sie mich bitte, Mr. Grey«, sagte Marshall. »Vielleicht können wir unsere Unterhaltung später fortführen?«

»Selbstverständlich.«

Marshall und Marisa bewegten sich aufeinander zu, die Blicke fest ineinander gehakt. Viele Anwesende waren auf sie aufmerksam geworden, denn sie spürten die gegenseitige Anziehungskraft, auch Caroline Lane. Kühl musterte sie die strahlende Erscheinung, die eine solch subtile und gänzlich unerwartete Wirkung auf die Gäste hatte. Dabei wurde sie das Gefühl nicht los, diese Frau zu kennen.

Marshall ergriff Marisas Hand und geleitete sie zur Tanzfläche.

»Sie sehen umwerfend aus«, sagte er.

»Sie auch, Mr. Congressman.«

Sie blickte sich verlegen um, denn sie spürte, dass alle Augen auf sie gerichtet waren.

»Danke, dass Sie gekommen sind«, sagte er.

»Sie brauchen mir nicht zu danken. Ich bin ganz aus dem Häuschen.«

»Das freut mich zu hören.«

»Aber ich muss Ihnen etwas … etwas sagen, das heißt … Sie und ich – das darf sich nicht wiederholen. Es muss bei diesem Abend bleiben. Es geht nicht anders.«

»Dann hätten Sie ein anderes Kleid anziehen sollen«, erwiderte er.

Er führte sie voller Genugtuung über die Tanzfläche.

»Sie haben Tanzstunden gehabt, nicht wahr?«

Er lächelte. »Ich gestehe es. Und Reitunterricht auch. Aber ich hab Angst davor, mich auf ein Pferd zu setzen.«

Trotz all ihrer guten Vorsätze erlag sie allmählich dem Reiz des Augenblicks. Während er sie in den Armen hielt, erteilte sie sich die Erlaubnis, ihm Schritt für Schritt, Berührung für Berührung zu folgen. Dann auf einmal sagte er: »Und wenn ich nun möchte, dass es nach diesem Abend weitergeht?«

»Sie müssen auf mich hören«, erwiderte sie, den Kopf an seine Schulter gelegt. »Ich weiß, Sie sind es gewohnt, auch zu bekommen, was Sie wollen.«

»Das galt nur, bis ich Sie kennen lernte. Jetzt bin ich mir da nicht mehr so sicher.«

»Bitte hören Sie mir gut zu«, sagte sie. »Es gibt zahllose Frauen, die sich nach einem Blick von Ihnen sehnen.«

Er drückte sie noch fester an sich und flüsterte ihr ins Ohr. »Stimmt das?«

»Als ob Sie das nicht wüssten«, meinte sie.

»Ach ja? Und warum machen Sie es mir dann so schwer?«

»Bitte… sagen Sie das nicht.«

Er wollte sie gerade küssen, ohne auf die Blicke der Anwesenden zu achten, und sie war bereit, seinen Kuss zu empfangen, als Siegel ihm auf die Schulter tippte und den Bann brach.

»Darf ich stören?«, sagte er.

Marshall funkelte ihn böse an und ließ Marisa widerstrebend los.

»Der Kongressabgeordnete Grey würde die Unterhaltung mit Ihnen gern fortsetzen.« Als er beiseite trat, wurde hinter ihm der Abgeordnete sichtbar, der Marshall mit breitem Grinsen zuwinkte.

»Muss ich etwa nach seiner Pfeife tanzen?«

»Reden Sie mit ihm«, sagte Siegel. »Machen Sie ihn glücklich. Darum dreht sich's doch heute Abend.«

»Das denkst du vielleicht«, grummelte Marshall. »Ich bin gleich wieder da, Caroline.«

Siegel streckte Marisa die Arme entgegen. »Sie gestatten?«

»Warum fragen Sie überhaupt?«

»Nehmen Sie sich in Acht. Ich bin bekannt dafür, anderen Leuten auf die Zehen zu treten.«

»Was für ein Zufall, ich bin bekannt dafür, gegen Schienbeine zu treten.«

»Sehr komisch.«

Eine Weile tanzten sie schweigend.

»Falls ich mich noch nicht vorgestellt haben sollte, ich bin Jerry Siegel«, sagte er. »Und Sie sind Caroline, hab ich Recht?«

Sie blickte sich lächelnd um. »Hübsche Party«, meinte sie. »Die Reichen und Berühmten. Alle auf einem Haufen.«

»Ja«, sagte er und musterte sie. »Wissen Sie, worin mein Lebenszweck besteht?«

»Nein. Sagen Sie's mir.«

»Ich will Christopher Marshall ganz nach oben bringen.«

»Da wünsche ich Ihnen viel Glück.«

»Beantworten Sie mir eine Frage, Caroline...« Er wartete.

»Fragen Sie nur, Jerry. Wenn Sie nicht fragen, kann ich Ihnen auch nicht antworten.«

»Gibt es etwas, das ich wissen sollte und noch nicht weiß?«

»Wie zum Beispiel?«

Er zuckte mit den Schultern und taumelte ungeschickt gegen sie. »Verzeihung. Ich bin ein Trampel.«

»Wie zum Beispiel?«, wiederholte sie.

»Na ja... irgendwas.«

»Ich glaube, das ist eine dieser Fragen zwischen Ihnen und Gott.«

»Was wollen Sie damit sagen?«

»Das müssen Sie schon selbst herausfinden.«

Siegel lächelte kurz. »Hören Sie – wie jeder andere weiß auch ich ein gutes Rätsel zu schätzen. Bloß dann nicht, wenn es um seine Freundinnen geht.«

»Ich bin nicht seine Freundin.«

»Wie Sie meinen. Heute Abend muss er ganz bei der Sache sein.«

Siegel zuckte zusammen, als ihm jemand auf die Schulter tippte. Marshall lächelte auf ihn hinab und löste ihn energisch ab, sodass Siegel sich nun dem Kongressabgeordneten Grey und Caroline Lane widmen konnte, die plötzlich aufgetaucht war und Marisa anfunkelte.

»Verzeihen Sie die Störung«, sagte Marshall und bugsierte sie in die Mitte der Tanzfläche, weg von den anderen. »Wo waren wir eben stehen geblieben?«

Marisa lächelte. »Sagen Sie's mir.«

»Ich glaube, genau an diesem Punkt, nicht wahr?« Er zog sie an sich, und abermals ergab sie sich gegen ihren Willen dem sanften Druck. Sie schloss die Augen und ließ sich von purer Sinnenlust überwältigen. Als sie die Augen wieder aufschlug, erblickte sie Siegel, der in eine ernsthafte Unterhaltung mit Maddox vertieft war und misstrauisch zu ihr hersah.

»Sie sollten besser tun, was Sie tun müssen«, sagte sie zu Marshall. »Jerry meint, ich würde Sie durch meine Anwesenheit ablenken.«

»Bitte, Caroline, beginnen Sie einen Satz nie, ich wiederhole: *niemals* mit ›Jerry meint‹.«

Sie lachte. Als das Stück endete, leerte sich die Tanzfläche allmählich, doch Marshall und Marisa rührten sich nicht vom Fleck, hielten einander weiter umarmt und blickten sich in die Augen.

»Hören Sie… Chris. Sie müssen das Richtige tun.«

Als ein Lächeln über seine Züge glitt, blickte sie ihn fragend an. »Warum lächeln Sie? Habe ich etwas Komisches gesagt?«

»Nein, aber… bis gerade eben wusste ich nicht, was richtig ist. Jetzt schon.«

»Was wissen Sie? Sie sprechen in Rätseln.«

»Gehen Sie nicht weg«, sagte er. »Ich bin gleich wieder da.« Er entfernte sich.

In leicht vorgebeugter Haltung näherte er sich entschlossenen Schritts Siegel und der Gruppe um Maddox.

»Chris!«, rief sie ihm nach. »Warten Sie. Ich wollte damit nicht sagen, dass Sie etwas *Falsches* tun…«

Er hob den Finger, was ›eine Sekunde‹ bedeutete, und ging an Caroline Lane vorbei, ohne sie zu erkennen. Diese musterte Marisa forschend aus schmalen Augen.

Vielleicht weiß sie ja Bescheid, dachte Marisa, am Rande der Panik. Oder sie vermutet etwas. Wie konnte ich jemals glauben, ich käme damit durch? Mein Gott, mach, dass du wegkommst, Marisa Ventura. Beweg dich, Mädel!

Mit gesenktem Kopf stürmte sie an Caroline Lane vorbei zur Rezeption.

»Entschuldigen Sie bitte!«, rief Caroline ihr nach. »Kann ich Sie einen Augenblick sprechen?«

Marisa rannte jetzt förmlich. Fast hatte sie den Ausgang erreicht, da berührte sie jemand am Arm. Sie fuhr herum und sah sich Caroline Lane gegenüber, die völlig außer Atem war.

»Ich werde das Gefühl nicht los, dass wir uns irgendwo schon mal begegnet sind«, sagte Lane. »Ich bin Caroline Lane. Und Sie sind… ?«

»Ziemlich in Eile«, gab Marisa zur Antwort.

Caroline legte den Kopf schief und musterte sie. »Ich könnte schwören, dass wir uns schon mal begegnet sind…«

Marisa schnippte mit den Fingern. »Augenblick! Caroline Lane von Sotheby's?«

»Aber ja!« Sie strahlte. Man hatte sie wiedererkannt!

»Wie schön, Sie wiederzusehen!«

»Also kennen wir uns tatsächlich.« Sie beugte sich näher heran und befingerte Marisas Halskette. »Ich hab's gewusst! Ich vergesse nie ein Gesicht. Ich erinnere mich da so dunkel an etwas… Cocktails im Carlyle, vor einem Jahr, oder sind es anderthalb? Das ist von Harry Winston, richtig?«

Marisa nickte.

»Das Design gibt's seit Ende der sechziger Jahre nicht mehr. Einfach exzellent!«

»Alle Achtung«, meinte Marisa. »Ihnen entgeht nichts. Wenn Sie mich jetzt bitte entschuldigen wollen…«

Caroline legte ihr die Hand auf den Arm. »Nur so unter uns Frauen – sind Sie mit Christopher Marshall hier?«

»Können Sie ein Geheimnis für sich behalten?«

»Natürlich.«

»Schön«, sagte Marisa breit lächelnd. »Ich auch.«

Sie zwinkerte ihr zu, entschwand und ließ eine Caroline zurück, der das Lächeln auf dem Gesicht erstarrt war.

Marshall stand mit Siegel und Maddox beisammen und ließ den Blick umherschweifen.

»Das Interview«, sagte Siegel und stieß ihn an. »Was hältst du davon, Chris?«

»Nun ja, sehen Sie, Mr. Maddox, ich weiß Ihre Großzügigkeit und Unterstützung wirklich zu schätzen, aber ich bin eigentlich überzeugter Einzelkämpfer.«

»Ist das bei einem Politiker überhaupt möglich?«, fragte Maddox.

»Chris möchte das gern glauben«, warf Siegel ein. »Eigentlich meint er damit bloß, man soll ihm Zeit lassen, seine Vorzüge zur Geltung zu bringen.«

»Ich möchte ein Exklusiv-Interview«, sagte Maddox, sich an Marshall wendend.

»Natürlich«, gab Siegel rasch zur Antwort. »Wir werden alle Hebel in Bewegung setzen.«

»Die Frau, mit der ich getanzt habe«, meinte Marshall. »Ich muss sie unbedingt wiederfinden.«

Maddox lächelte. »Mir gefällt ein Mann, der weiß, was er will.«

»Schön«, sagte Marshall und schüttelte ihm rasch die Hand. »Das, was ich will, ist nämlich gerade von der Bildfläche verschwunden. Entschuldigen Sie mich bitte, ja?«

Er stürmte zum Ausgang, während Siegel versuchte, die Sache mit einem Lacher zu überspielen. »Ha-ha, er ist schon ein schräger Vogel, dieser Chris Marshall. Aber ein bemerkenswerter schräger Vogel.«

»Er wirkt ein bisschen zerstreut«, meinte Maddox verdutzt. Einen Augenblick später verzog er sich und ließ Siegel vor sich hin brummelnd stehen. »Ja«, murmelte er in sich hinein, »ein großer, dummer, verdammt schräger Vogel…«

Auf dem obersten Treppenabsatz, vor den Springbrunnen, holte Marshall Marisa ein.

»Haben Sie noch eine andere Verpflichtung?«

»Nein«, erwiderte sie. »Ich muss trotzdem gehen.«

»Aber warum? Das verstehe ich nicht.«

»Ist kompliziert.«

»Alles an Ihnen ist kompliziert, stimmt's?«

»Das können Sie wohl sagen.«

Sie stieg die Treppe hinab.

»Nun ja, korrigieren Sie mich, wenn ich danebenliege«,

meinte er. »Ich habe nicht den Eindruck, dass Sie bloß gehen. Sie laufen.«

Marisa blieb stehen. Er trat an ihr vorbei und versperrte ihr den Weg.

»Wirklich?«, fragte sie.

»Ja, Sie laufen. Ich weiß bloß nicht, ob Sie zu etwas hinlaufen, das Sie haben wollen. In diesem Fall, bitte sehr – viel Glück. Oder ob Sie vor etwas davonlaufen, das Sie haben wollen und vor dem Sie sich fürchten.«

Sie stand schweigend da, und er nahm ihre Hand.

»Nun?«

»Sie haben Recht«, flüsterte sie. »Ich laufe davon. Ich laufe vor Ihnen davon.«

Er nickte schweigend.

»Ich habe bereits so viel falsch gemacht und möchte nicht alles noch schlimmer machen.«

»Das werden Sie nicht«, sagte er. »Ich verspreche es.«

»Das können Sie nicht versprechen.«

Er nahm sie in die Arme und küsste sie. Langsam erwiderte sie seinen Kuss.

»Bleib«, sagte er.

»Hier?«

»Nein. Ich meine, bei mir.« Er sah ihr tief in die Augen. »Bleib heute Nacht bei mir… «

14

Um ein Uhr nachts, nachdem sie sich lange unterhalten und leidenschaftlich geliebt hatten, lagen Marisa und Chris Marshall an die Kissen gelehnt im Bett, vor sich Tabletts mit Essen. Sie waren ausgehungert; keiner von beiden hatte seit dem Mittagessen tags zuvor etwas zu sich genommen. Marshall spießte eine Auster auf, tunkte sie in Gewürzsauce und bot sie Marisa an. Sie öffnete den Mund, wich dann jedoch zurück.

»Der Erste, der so was gegessen hat, muss entweder blind oder echt hungrig gewesen sein.«

»Mach die Augen zu!«

Sie tat es und beugte sich vor. Er legte ihr die Auster an die Lippen, und sie nahm sie in den Mund und schluckte. Dann lächelte sie, ohne die Augen zu öffnen.

Er lehnte sich zurück und verschränkte die Hände hinter dem Kopf. »Gut, hm?«

»Interessant«, erwiderte sie. »›Gut‹ wäre des Guten vielleicht zu viel. Aber ganz bestimmt seltsam und interessant.«

Er streichelte ihr Gesicht. »Na ja, zumindest hast du was Neues ausprobiert.«

»Ist anscheinend der richtige Moment für mich.«

Er betrachtete sie ernst und grinste dann breit. »Für mich auch, wenn du die Wahrheit wissen willst.«

Sie berührte sein seidiges Haar und streifte eine Strähne zurück, die ihm über die Augen gefallen war. »Warum lächelst du?«, fragte sie.

»Man könnte es ›post-koitale Zufriedenheit‹ nennen.«

»Na, das ist vielleicht eine Antwort!«

Er fuhr mit einem Finger über ihren Mund. »Ich kann's nicht fassen, dass du hier bist.«

»Ich auch nicht. Ich meine, ich sollte nicht hier sein, hier in deinem Bett… Und überhaupt.«

»So habe ich das nicht gemeint. Nein, ich bin glücklich, dass du bei mir bist. Darf ich dir ein Geheimnis verraten?«

»Aber sicher.«

»Ich glaube, so glücklich bin ich noch nie gewesen. Und du bist der Grund dafür.«

»Aber das sieht mir gar nicht ähnlich. Ich bin katholisch und eifrig darauf bedacht, alles richtig zu machen. Ich bin keine, die einfach so mit jemandem ins Bett geht…«

Er beugte sich vor und küsste sie, und der Kuss währte lange.

»Andererseits vielleicht doch«, meinte sie. »Ich weiß es einfach nicht mehr.«

Er küsste sie auf die Augenlider, aufs Haar, aufs Ohr über den Ringen.

»Niemand urteilt über dich.«

»Alle tun das.«

»Vielleicht die da draußen.«

Sie verdrehte die Augen. »Du hast keine Ahnung. Alles, was du tust, wird genau unter die Lupe genommen. Eine falsche Bewegung, und du bist am Ende. Jemand wird den Stab über dich brechen.«

»Ich weiß«, erwiderte er. »Die Leute haben mich mein ganzes Leben lang beurteilt. Sie sehen in mir lediglich ein Foto, einen Kandidaten oder den Sohn meines Vaters. Sie wissen nicht, dass ich ein armseliger Student gewesen bin. Ich bin nach dem zweiten Semester Jura durchgefallen. Ich habe mich für einen Künstler gehalten, nicht für einen Politiker. Aber ein

Picasso bin ich nicht gewesen, mit Sicherheit nicht. Mein Vater allerdings war wunderbar. Er hat mich immer unterstützt, mich nie beurteilt. Er hat mir über den Berg geholfen, mir dabei geholfen, erwachsen zu werden. Mein Selbstvertrauen ist nur langsam gewachsen, aber er hat an meiner Seite gestanden, mir alle notwendigen Chancen gegeben. Bin ich gestolpert – und ich bin gestolpert –, hat er mich wieder aufgerichtet.« Marshall sah zur Decke und sammelte seine Gedanken. »Die anderen – die Öffentlichkeit, der ganze Medienzirkus –, die haben keinen Schimmer, wer ich bin.«

»Vielleicht sind wir gar nicht so verschieden voneinander«, meinte sie.

»Vielleicht nicht.«

Er ließ weiterhin sanfte Küsse auf ihr Gesicht und ihren Hals herabregnen.

»Soll ich dir was sagen?«, fragte sie. Sie atmete flach, reckte den Hals, empfing seine Küsse.

»Hm, ja. Sag schon!«

»Als du mich das erste Mal gesehen hast…« Er hatte die Arme um sie gelegt und zog sie an sich. »Als du mich das erste Mal gesehen hast…« Sie schloss die Augen, gab sich seinen Küssen hin. »… war ich… war ich…«

Seine Lippen glitten langsam nach unten, federleichte Küsse, die kaum ihre Haut berührten.

»…war ich… du meine Güte, Chris.«

»Hinreißend«, murmelte er.

»Verloren«, meinte sie. »Verloren.«

Als Marisa am folgenden Morgen erwachte, musste sie sich erst einen Augenblick lang konzentrieren, bis ihr wieder einfiel, wo sie war. Seufzend wälzte sie sich herum und löste sich von Marshall und den verhedderten Laken. Die Anzeige der Digitaluhr auf dem Nachttisch sprang gerade auf sechs Uhr neunundfünfzig um. Sie schreckte hoch. Angst und Schuldgefühle durchfuhren sie wie ein Messer. Sie sah sich nach ihm um. Er lag friedlich schlafend da. Sie schaute zur anderen Wand hinüber und versuchte, sich zu sammeln. Diesmal steckst du wirklich metertief in der Patsche, Mädel. Wie willst du da je wieder rauskommen? Am einen Tag säuberst du die York-Suite, und am nächsten schläfst du in der York-Suite mit dem Mann, für den du sie sauber machst, spielst das verlogene Spiel weiter und gibst dich als jemand aus, der du gar nicht bist.

Behutsam und leise glitt sie aus dem Bett, sah ihr Kleid und schüttelte den Kopf. Wenn sie die York-Suite in diesem Kleid verließ, wäre die Katastrophe bereits vorprogrammiert. In einer Ecke entdeckte sie auf dem Boden ein T-Shirt und eine Jogginghose von Chris. Die Hose war etliche Nummern zu groß, aber sie hielt sie mit einer seiner Krawatten zusammen, die sie im Kleiderschrank gefunden hatte. Sorgfältig faltete sie ihr Kleid zusammen, holte einen Wäschesack aus der Kommodenschublade und stopfte alles zusammen mit ihren Schuhen hinein. Im Bad spülte sie sich den Mund aus, schmierte sich Zahnpasta auf den rechten Zeigefinger und rieb sich heftig die Zähne. Sie wusch sich notdürftig mit einem warmen Waschlappen, zupfte sich das zerzauste Haar zurecht und schlüpfte in ein Paar hoteleigene Hausschuhe. Dann zwang sie sich dazu, sich im Spiegel zu mustern, und war nicht sonderlich zufrieden mit ihrem Anblick. Ich seh aus, als hätt ich die ganze Nacht durchgevögelt, dachte sie. Dunkle Ringe unter den aufgequollenen Augen, fleckige Haut. Vielleicht sollte ich das scharlachrote Mal auf der Stirn tragen, dann wäre alles klar.

Sie setzte sich auf den heruntergeklappten Toilettensitz und wählte übers Haustelefon eine Nummer.

»Hallo, Schatz«, flüsterte sie. »Hör mal, ich bin schon auf

der Arbeit. Abuela wird dich in etwa einer halben Stunde bei Steph abholen. Ich bin wahrscheinlich gegen sechs zu Hause – okay? Hattet ihr beide Spaß miteinander?«

»Ich hab sie sechs Mal beim Damespiel geschlagen. Vielleicht hätte ich sie mal gewinnen lassen sollen.«

»Das wäre sehr nett gewesen. Ist sie auf?«

»Ja, sie macht gerade Kaffee. Willst du mit ihr sprechen?«

»Nein. Ich seh sie ja gleich im Hotel.«

»Hat die Gala Spaß gemacht?«

»Ja. Heut Abend erzähl ich dir alles.«

»Hat Chris sich amüsiert?«

»Ich glaube schon.«

»Steph hat dich gegen Mitternacht angerufen. Vermutlich wollte sie wissen, wie es gelaufen ist. Aber du bist nicht drangegangen.«

»Hab tief und fest geschlafen«, erwiderte Marisa. »Jetzt muss ich aber los, Schatz.« Leise legte sie auf.

So führt eins zum anderen, dachte sie. Eine Lüge zur nächsten und dann wieder zur nächsten und so weiter, und ziemlich bald wird's schwer, die Wahrheit von den Lügen zu trennen.

Sie öffnete die Zimmertür und spähte nach draußen. Dann schlüpfte sie hinaus und zog die Tür leise zu. Den Wäschesack an die Seite gedrückt, trabte sie verstohlen über den Flur.

Als sie sich gerade der Park-Suite näherte, kamen Caroline Lane und ihre Freundin Rachel heraus, beide in Jogging-Anzügen. Einen Augenblick lang erstarrte Marisa und machte sich an der Wand ganz klein.

»Was hast du also in Buffalo vor?«, fragte Rachel.

»Ich will ihm wie zufällig über den Weg laufen«, antwortete Caroline. »Er fliegt morgen dorthin – Jerry Siegel hat mir seinen Reiseplan gegeben. Findest du das zu plump?«

»Nein. Das kriegst du schon hin, Schätzchen.«

Marisa holte tief Luft und ging mit gesenktem Kopf an ihnen vorüber.

»Morgen«, murmelte sie.

»Morgen«, erwiderte Caroline zerstreut.

Rachel sah Marisa nach, die am Aufzug stand und auf den ›Abwärts‹-Knopf drückte.

»Siehst du, was ich sehe?«, flüsterte sie.

»Die Halskette?«

»*Genau*. Welches Zimmermädchen hat schon ein solches Diamantcollier?«

»Ich weiß. Und sie tut so verstohlen, nicht wahr?«

»Wenn ich du wäre, würde ich die Sache auf der Stelle melden. Deine unersetzliche Maria ist am Ende vielleicht gar kein solcher Schatz.«

Zwanzig Minuten später standen die beiden Frauen mit John Bextrum und Paula Burns zusammen mit dem erschütterten Keef vor dessen Monitoren. Die Spannung war fast mit Händen zu greifen.

»Sie sagten, sie heißt Maria?«

»Ja«, antwortete Caroline.

»Ich habe ihr nie vertraut«, warf Rachel ein. »Ziemlich arrogant und viel zu anmaßend.«

Bextrum wandte sich Paula Burns zu. »Haben wir eine Maria unter dem Personal?«

»Nein«, gab sie zur Antwort.

»Na, dann wollen wir mal sehen, was wir da auf Band haben«, meinte Bextrum zweifelnd. »Keef – spulen Sie bitte zurück! Alles, was die Park-Suite sowie die unmittelbare Umgebung abdeckt.«

»Jawohl, Sir.«

Im Schnelldurchlauf spulte sich in körnigem Schwarz-Weiß auf dem Monitor ab, was sich auf der zweiundzwanzigsten Etage getan hatte. Caroline kniff die Augen zusammen und beugte sich zum Monitor vor. In rascher Folge waren verschiedene Zimmermädchen, Butler und Gäste zu sehen.

»Da!«, kreischte sie entrüstet. »Da! Mein Dolce-Mantel!«

»Ich hab's gewusst«, meinte Rachel. »Diese kleine Diebin!«

Der Monitor zeigte Ty, Marisa und Christopher Marshall vor der Park-Suite, wie sie zum Aufzug gingen. Marisa, ganz in Weiß, wirkte bezaubernd in Carolines Ensemble.

»Du meine *Güte*, das ist ja kaum zu fassen!«, schäumte Caroline. »Meine ganzen Sachen!«

Bextrum sah Paula Burns an. »Marisa«, sagte er leise.

Sie nickte, den Mund wütend zusammengekniffen. »Marisa…«

»Schaffen Sie sie her!«, sagte Bextrum. »Und auch Lionel Bloch. Sagen Sie ihnen, sie sollen sofort zu uns in die Park-Suite kommen!«

Die Kamera folgte Ty, Marshall und Marisa zu den Aufzügen. Nicht nur die beiden französischen Pudel waren dort, sondern auch Bextrum, der unmittelbar neben Marisa stand und Christopher Marshall die Hand schüttelte und dabei grinsend nickte.

Verärgert fuhr Bextrum zu Keef herum.

»Wie konnten Sie das übersehen?«, wollte er wissen.

»Tut mir Leid, Sir.«

Auf dem Monitor schüttelte Bextrum Marshall die Hand.

Keef konnte sich nicht verkneifen zu bemerken: »Sie sind aber sehr fotogen, Mr. Bextrum.«

Bextrum warf ihm einen argwöhnischen Blick zu, wandte sich dann ab und eilte davon, gefolgt von Caroline Lane und Rachel.

Minuten später öffnete Paula Burns die Tür zur Park-Suite,

und Marisa und Lionel traten ein. Bextrum, Burns, Caroline und Rachel standen im Wohnzimmer und sahen ihnen entgegen. Auf allen Gesichtern lag der gleiche grimmige Ausdruck – wie ein Erschießungskommando, dachte Marisa.

»Lionel«, begann Bextrum. »Marisa. Es wurden sehr ernste Anschuldigungen erhoben…«

»Interessant«, meinte Caroline mit dem Hauch eines höhnischen Grinsens. »Mir hat sie gesagt, sie würde Maria heißen. Sagt diese Frau eigentlich nie die Wahrheit?«

Da sie spürte, dass es nichts mehr zu verlieren gab, sah ihr Marisa direkt in die Augen. »Ich habe es für unhöflich gehalten, Sie zu verbessern.«

»Nette Manieren.« Caroline verdrehte die Augen und sah Bextrum bedeutungsvoll an. »Sagen Sie mir doch, haben Sie es auch für unhöflich gehalten, mir meine Kleidung und meine Verabredung zu stehlen?«

»Ich habe keins von beidem gestohlen. Die Kleider sollten zurückgegeben werden…«

Paula Burns schnitt ihr das Wort ab. »Miss Ventura. Mr. Bextrum hat die letzten dreißig Minuten damit verbracht, Miss Lane davon zu überzeugen, Sie nicht anzuzeigen. Ich schlage vor, Sie halten sich so weit wie möglich zurück.«

»Wir haben alles auf Video«, sagte Caroline triumphierend. »Sie können sich unmöglich herausschwindeln.«

Die Türglocke ertönte, und als Paula Burns hinüberging, wandte sich Bextrum mit grimmigem Ausdruck an Marisa.

»Ist alles zurückgegeben worden, Miss Ventura?«

»Ja, Sir.« Ihr Gesicht brannte, und ihr war übel vor Selbstekel und Scham.

Paula Burns kehrte mit Jerry Siegel und Chris Marshall ins Wohnzimmer zurück. Marshall sah die Versammlung verwirrt an.

»Unser Terminplan heute ist ziemlich eng«, verkündete Siegel. »Wo liegt das Problem, und was hat der Abgeordnete damit zu tun?«

Als Marshall Marisa im Zimmermädchenkittel erblickte, runzelte er die Stirn. Er sah zu Bextrum hinüber, als würde er von ihm eine Erklärung verlangen.

Caroline Lane trat zu ihm und berührte ihn am Hemdsärmel. »Chris – tut mir schrecklich Leid, Ihre Zeit in Anspruch zu nehmen, wo Sie doch so beschäftigt sind, aber wir waren der Ansicht, Sie sollten es so bald wie möglich erfahren.«

Ohne den Blick von Marisa zu wenden, schüttelte er den Kopf. Er war bleich, dunkle Ringe lagen unter seinen Augen, und auf seinen Wangen zeigten sich Stoppeln. Er spürte die Nachwirkungen der vergangenen Nacht. »Was erfahren? Was geht hier vor?«

»Die Frau, die Sie für einen Gast gehalten haben, ist das Zimmermädchen. So einfach ist das. Und ich möchte hinzufügen, auch so armselig. Ich glaube, Sie sollten es ihm sagen, Marisa.«

»Sie heißt Caroline«, sagte Marshall.

»Nein, mein Lieber. So heiße ich. Sie haben es immer noch nicht begriffen. Diese schreckliche Frau stiehlt Kleider und Identitäten.«

»Was zum Teufel ist hier los?«, fragte er mit erhobener Stimme. Er zeigte mit dem Finger auf Marisa. »Warum bist du so angezogen?«

»Weil sie das Zimmermädchen ist«, sagte Caroline. »Nicht wahr, Maria, Marisa, oder wie Sie nun heißen?«

»Was reden Sie denn da?« Marshall schob ihre Hand mit einem Schulterzucken weg und wandte sich an Marisa: »Was geht hier eigentlich vor? Das ist doch alles gelogen, oder?«

Marisa zwang sich dazu, ihm in die Augen zu sehen. Sie hatte

Angst vor dem, was sie in ihnen sehen würde, entdeckte darin jedoch keinen Ärger, bloß völlige Verwirrung. Sie nickte. »Nein, es stimmt alles…« Niedergeschmettert senkte sie den Blick.

Marshall schüttelte weiterhin den Kopf. Er trat zwei Schritte auf sie zu und blieb dann stehen. »Das kann nicht wahr sein. Das glaub ich einfach nicht.«

»Herrgott nochmal!«, explodierte Siegel. »Das ist ja ein gefundenes Fressen für die Presse!«

Bextrum räusperte sich. »Es besteht kein Grund, dass die Presse davon erfahren sollte, Mr. Siegel. Das Beresford ist für seine unbedingte Diskretion bekannt.«

Marshall starrte Marisa immer noch an. Allmählich begriff er die Wahrheit, und sein Blick wurde schmerzerfüllt. Fast flüsternd sagte er: »Also war alles eine einzige Lüge.«

»Nein, nicht alles.« Langsam schüttelte sie den Kopf.

»Doch! Doch!«, meinte Siegel wegwerfend und wandte sich an Bextrum. »Jetzt möchte ich wissen, wie Sie sie daran hindern wollen, mit der Presse zu sprechen.«

Marshall hob eine Hand vors Gesicht, wie um einen Schlag abzuwehren. »Um Gottes willen, Jerry…«

»Es könnte eine Schmutzkampagne geben«, meinte Siegel. »Denk mal drüber nach – benutz zur Abwechslung mal deinen Verstand! Es sind schon größere Männer über kleinere Dinge gestolpert.«

»Ich will Ihnen mal was sagen, Mr. Bextrum«, meinte Caroline tremolierend. Sie spielte sich wegen Marshall so auf, das war nicht zu übersehen. »Im Four Seasons wäre das nie passiert.«

»Ich versichere Ihnen, Madame, das ist hier auch noch nie passiert.« Er wandte sich Lionel zu und sagte mit unterdrücktem Ärger in der Stimme: »Sie haben versagt, Mr. Bloch. Ihnen hätte etwas auffallen müssen. Ich bin wirklich tief enttäuscht.«

»Er hatte doch nichts damit zu tun«, sagte Marisa. »Geben Sie nicht ihm die Schuld.«

»Bitte, Miss Ventura, ich komme allein damit zurecht«, meinte Lionel. Zu Bextrum sagte er: »Ich habe Verständnis für Ihre Haltung, Sir. Der Vorfall ist für das Hotel äußerst unglücklich, und ich übernehme die volle Verantwortung.«

»Darüber reden wir später.« Er fasste Marisa ins Auge. »Und Sie, Miss Ventura, Sie sind fristlos entlassen. Bitte geben Sie Ihren Generalschlüssel und Ihre Kennkarte beim Sicherheitsdienst ab, bevor Sie verschwinden.«

Marshall trat auf Bextrum zu. »Ist das wirklich nötig? Wir kennen bestimmt noch nicht die ganze Geschichte.«

»Lass den Mann seinen Job tun«, meinte Siegel. »Halt dich da raus.«

Mit einem letzten Blick auf Marshall – einem Blick, der sich seinem Gedächtnis einbrannte und den er schwer zu deuten vermochte, da er eine Mischung aus Verlangen und Bedauern und einigen anderen Gefühlen war – verließ Marisa die Suite.

In das folgende peinliche Schweigen hinein sagte Caroline: »Chris, ich kann mir nicht helfen, aber ich habe das Gefühl, das ist zum Teil meine Schuld.«

»Unsinn«, erwiderte er. »Verschonen Sie mich damit!«

»Ich möchte Sie wenigstens zum Essen einladen«, sagte sie strahlend. »Wir müssen uns gegenseitig über diese ... Peinlichkeit hinweghelfen.«

Marshalls Geduld war erschöpft, und er versuchte nicht mehr, seine Gefühle zu verbergen. »Ich möchte etwas klarstellen«, sagte er. »Das erste Essen war ein Irrtum. Ein zweites wäre eine Katastrophe.«

Sie weigerte sich nach wie vor, das Unausweichliche hinzunehmen, und lächelte noch strahlender. »Na ja, dann vielleicht ein paar Drinks?«

Keef war nicht am Schalter. Als Marisa nach ihm fragte, sagte der Ersatzwachmann, er sei früher heimgegangen.

»Ist er krank?«

»Weiß nicht, Marisa. Man hat mich bloß runtergerufen, damit ich übernehme.« Er warf ihr einen verlegenen Blick zu und sah dann rasch weg.

»Das ist Scheiße«, meinte er.

»Lass dir deshalb keine grauen Haare wachsen, Chet.«

»Du bist die Beste. Alle werden dich vermissen.«

»Danke sehr.«

Er durchsuchte ihre persönliche Habe. »'tschuldigung«, sagte er. »Aber das gehört dazu. Auch die Handtasche, bitte.«

»Schon in Ordnung. Du tust bloß deine Pflicht.« Als sie die Tasche öffnete, bemerkte sie Lionel hinter sich, der ebenfalls seine Kennkarte zurückgab.

»O nein«, sagte sie bestürzt. »Bitte, erzählen Sie mir nicht, man hätte Sie ebenfalls gefeuert.«

»Nein, eigentlich nicht. Ich habe vor wenigen Augenblicken eine Entscheidung getroffen, die längst überfällig war.«

»Sie haben gekündigt?«

»Manchmal werden wir in eine Richtung gestoßen, die wir eigentlich selbst hätten finden müssen.«

»Ich weiß«, meinte sie. »Nennt man das nicht Trägheit?«

Er nickte. »Leute zu bedienen erfordert Würde und Intelligenz, Miss Ventura. Dumme Leute zu bedienen erfordert erheblich mehr von beidem. Aber Sie dürfen nie vergessen, dass das bloß Leute mit Geld sind. Und obgleich wir sie bedienen, sind wir nicht ihre Diener. Was wir tun, sagt nichts darüber aus, wer wir sind. Vielmehr werden wir dadurch bestimmt, wie gut wir nach dem Hinfallen wieder aufstehen. Ich glaube, Sie werden eines Tages eine wunderbare Managerin werden, und es ist mir eine große Ehre gewesen, mit Ihnen zusammengearbeitet zu haben.«

»Es ist auch mir eine Ehre gewesen, Mr. Bloch.«

Gemeinsam verließen sie das Hotel durch den Personaleingang, und Marisa sah dem alten Butler nach, der mit gestrafften Schultern um eine Ecke verschwand.

»Auf Wiedersehen, Lionel«, flüsterte sie, und ihre Augen füllten sich mit Tränen. »Ich werde dich nie vergessen...«

Sie drückte sich die Einkaufstasche mit der einen Hand an den Leib, in die andere nahm sie die Segeltuchtasche und schleppte sich zur U-Bahn. Auf halbem Weg holte Marshall sie ein.

»Caroline?«, rief er, schloss zu ihr auf und schritt neben ihr her. »Marisa?«

Sie blieb stehen und wandte sich ihm zu.

»Du weinst«, sagte er.

»Warum auch nicht? Ich habe einiges zu beweinen.«

»Ich weiß nicht, welchen Namen ich benutzen soll.«

»Marisa. Marisa Ventura.«

»Was ist da gerade passiert? Ich kapier's nicht.«

»Was kapieren Sie nicht? Ich bin das Zimmermädchen. Ich habe die Identität der Frau in der Park-Suite angenommen, genau wie sie gesagt hat. Ich habe ihre Kleidung und Identität gestohlen.«

»Aber warum? Das sieht dir nicht ähnlich. Ich weiß das. Ich meine, war es eine Wette oder so? Ein kleines Spiel nach dem Muster ›Verarschen wir mal die Gäste‹?«

»Nein«, erwiderte sie. »So war's überhaupt nicht. Ich habe ihre Kleider anprobiert, und dann sind Sie mit meinem Sohn auf der Bildfläche erschienen und haben mich zu einem Spaziergang eingeladen und... alles ist so rasch gegangen. Wie ein Schnellzug... und ich war eingestiegen, und es gab keine Möglichkeit, wieder auszusteigen...«

»Und du hast geglaubt, du müsstest mich anlügen, damit ich nicht das Interesse an dir verliere?«, fragte Marshall.

Marisa trat einen Schritt auf ihn zu. Allmählich gewann der Ärger in ihr die Oberhand. »Kommen Sie, wer verarscht hier eigentlich wen? Reden wir doch mal Klartext! Meinen Sie, Sie hätten mir auch nur einen zweiten Blick gegönnt, wenn Sie gewusst hätten, dass ich das Zimmermädchen war? Ausgeschlossen – Zimmermädchen sind unsichtbar. Sie sollen unsichtbar sein. Bei allem schuldigen Respekt vor euch großherzigen Politikern – Sie hätten mir nicht mal ›Guten Tag‹ gesagt, Herr Abgeordneter!«

»Dazu hatte ich doch gar keine Gelegenheit. Woher willst du das wissen? Wer im Glashaus sitzt, soll nicht mit Steinen werfen.«

In ihrer Aufregung schwang sie die Tasche und hätte ihn beinahe getroffen. »Ach, glauben Sie wirklich, es wäre anders? Überlegen Sie noch mal! Die halbe Zeit über bin ich eine Unperson, über die die Gäste Witze reißen – die Grobiane, die Hochnäsigen. Falls sie mich überhaupt zur Kenntnis nehmen. In der anderen Hälfte der Zeit bin ich unsichtbar.«

»Da! Wieder dieses Wort! Du kommst nicht davon los.«

»Aber es stimmt! Darauf läuft die ganze Sache doch hinaus! Als Sie mich zum ersten Mal gesehen haben, da habe ich auf Händen und Knien Ihr Bad gesäubert. Nur – haben Sie mich da wahrgenommen, ja? Na, Chris, haben Sie? Seien Sie ehrlich…«

»Was hätte ich denn tun sollen, mich vorstellen? Die Situation war nicht so, dass ich zwanglos ein Gespräch mit dir hätte anfangen können. Meine Güte, Marisa, dafür kannst du mir doch nicht den Kopf abreißen!«

Einen langen Augenblick betrachtete sie ihn, dann seufzte sie auf. »Sie haben Recht. Das kann ich nicht. Na gut – Sie möchten die Wahrheit hören?«

»Das möchte ich mehr als alles andere.«

»Ein Teil von mir wollte um jeden Preis erleben, wie es sich anfühlt, wenn jemand wie Sie *mich* so ansieht, wie Sie es dann getan haben. Wenigstens einmal im Leben musste ich erleben, wie das ist.« Ihre Stimme brach. »Und … es tut mir Leid. Es tut mir wirklich Leid. Wenn ich die Zeit zurückdrehen und nochmal von vorn anfangen könnte, würde ich's tun. Ich habe einfach alles vermurkst. Für uns beide.«

Siegel kam herbeigelaufen und drängte sich zwischen sie. »Leute, kommt schon! Was macht ihr da, hä? Eure kleine italienische Oper wird von einer Armee Paparazzi fotografiert.«

»Jetzt nicht, Jerry. Wir haben was Wichtiges zu bereden.«

»Ja, und dazu verkaufst du Eintrittskarten, um Gottes willen! Du könntest ebenso gut Popcorn herumreichen.«

Marshall bemerkte eine geduckte Gestalt, die, eine digitale Videokamera am Auge, zwischen zwei geparkten Autos heranhuschte und nach einem besseren Bildausschnitt suchte.

»Ach, wen haben wir denn da – Yatter«, sagte er. »Der Kerl ist hartnäckig wie ein Hautausschlag.«

»Sie gehen jetzt besser«, sagte Marisa.

»Mir doch egal! Mir doch egal, was sie sagen, was sie tun, was sie denken.«

»Stimmt nicht«, erwiderte sie ruhig.

Er fasste sie bei der Hand. »War irgendetwas davon ernst gemeint, Marisa? Das muss ich wissen.«

»Ja«, antwortete sie mit bebender Stimme. »Es war ernst gemeint. So ernst, dass ich mich schon gefragt habe, wie ich Sie jemals wieder aufgeben sollte. Aber ich muss Sie aufgeben.« Sie wandte sich an Siegel. »Stimmt's, Jerry? Ist das nicht so eingeplant?«

Siegel rang verzweifelt die Hände.

»Könnt ihr beide nicht endlich Schluss machen, damit wir von hier verschwinden können?«

»Und dann letzte Nacht«, sagte sie und sah Marshall in die

Augen. »Ich konnte nicht… ich konnte einfach nicht auf Wiedersehen sagen. Unsere Zeit war abgelaufen… aber wie hätte ich zulassen sollen, dass der Tag so endet?«

15

Marisa brachte es einfach nicht fertig, gleich nach Hause zu gehen. Sie konnte ihrer Mutter und Ty nicht gegenübertreten und ihnen von ihrer Schande, dem Verlust ihres Jobs erzählen, den sie fast vier Jahre lang gehabt hatte und auf den sie so stolz gewesen war. Sie saß auf einer Schaukel auf einem leeren, von Graffiti übersäten Spielplatz in der Bronx und ließ ihren Tränen freien Lauf. Kein Glück mit Männern, dachte sie. Ich verliebe mich in die falschen, die nicht für mich bestimmt sind. Marcus und ich hatten außer Sex nichts gemeinsam. Er hatte keinerlei Interesse, sich geistig weiterzubilden und es in der Welt zu etwas zu bringen. Es ging ihm bloß darum, genug Geld zu bekommen, damit er sich einer sozialen Schicht überlegen fühlen konnte, die ihm überlegen war, was er natürlich bis ins tiefste Innere spürte. Und Chris… Chris ist Teil dieser sozialen Schicht, die Marcus so grimmig hasst, und was habe ich mit ihm über den Sex hinaus schon gemeinsam? Letzte Nacht haben wir den Sex in vollen Zügen genossen. Aber ich stehe eindeutig auf der anderen Seite der Straße. Ich bin ein Zimmermädchen, und er ist ein aufsteigender Stern am Politikerhimmel mit entsprechendem privilegiertem Hintergrund. Gut gemacht, Mädel. Dir solche auszusuchen, dafür hast du ein Händchen.

Und, was das Schlimmste ist, du hast ihn angelogen.

Du hast alles vermasselt, Marisa Ventura.

Sie schaukelte und weinte, schaukelte und weinte.

Als sie um acht Uhr abends ihre Wohnung betrat, machte Ty gerade am Küchentisch seine Hausarbeiten. Veronica stand an der Spüle und wusch Geschirr ab.

Marisa gab Ty einen Kuss auf die Stirn.

»Hallo, Schatz.«

»Hi, Ma.«

»Was sind das für Hausaufgaben?«

»Geometrie«, gab er zur Antwort. »Ich find's wirklich Klasse, mit den Punkten, Linien und Winkeln zu arbeiten, alles auszumessen. Schlägt Algebra um Längen. Hast du gewusst, dass Geometrie der älteste Zweig der Mathematik ist? Der Satz des Pythagoras stammt aus der Zeit der Babylonier, tausend Jahre vor den Griechen. Ist das nicht cool?«

»Das ist interessant, mein Lieber.«

Seufzend ließ sie ihre Taschen neben dem Tisch zu Boden fallen.

»Rosalie vom Personalbüro hat angerufen«, sagte ihre Mutter, die ihr, über die Spüle gebeugt, den Rücken zukehrte.

Marisa gab keine Antwort. Sie zog einen Stuhl neben Ty und sah ihm, das Kinn auf die Hand gestützt, bei den Hausaufgaben zu.

»Wir haben dich schon seit Stunden erwartet«, meinte Veronica.

»Ich hatte was zu erledigen.«

Ty schaute auf. »Ma – alles okay?«

»Natürlich. Ein bisschen aus der Bahn geworfen. Lass mal sehen, ob ich was von diesem Geometrie-Zeugs verstehe.«

»Ich kann's dir erklären, wenn du möchtest.«

»Ist Geometrie nicht erst im nächsten Jahr dran?«

»Ich gehe in einen Spezialkurs. Auf Anraten der Schule.«

»Davon hast du mir noch gar nichts gesagt.«

»Hat vor zwei Wochen angefangen.«

»Was ist mit Abendessen?«, fragte Marisa. »Hungrig?«

»Wir haben vor einer Stunde gegessen«, warf Veronica ein. »Eine Stunde haben wir auf dich gewartet.«

»Fang jetzt nicht damit an, Mama.«

Veronica wandte sich von der Spüle ab und sah Marisa an. »Ich bin einfach sprachlos.«

»Nun, dann sagst du auch am besten nichts.«

»Wir müssen ein Wörtchen miteinander reden, junge Dame.«

»Ich bin eine erwachsene Frau, Veronica Ventura. Deine Tochter, aber längst erwachsen.«

Ty sammelte seine Bücher ein. »Ich werd auf meinem Zimmer arbeiten«, meinte er. »Da ist es ruhiger.« Er schlüpfte rasch hinaus.

Kopfschüttelnd musterte Veronica ihre Tochter. »Sieh mich an!«

»Nein. Ich werde ein Bad nehmen.«

Marisa verließ die Küche und ging ins Schlafzimmer, dicht gefolgt von ihrer Mutter, die sich auf die Bettkante setzte, während Marisa sich auszog.

»Nicht, Ma«, sagte sie. »Was du auch sagen willst – ich will es nicht hören.«

»Was hast du dir dabei gedacht? Mit so jemandem auszugehen! Ein bisschen mehr Verstand hätte ich dir schon zugetraut! Da gehst du hin und tust so was.«

Marisa ging ins Bad, drehte die Hähne für Heiß- und Kaltwasser auf und blieb vorgebeugt stehen, bis die Mischung stimmte. Ihre Mutter kam ihr nachgetappt.

»Schaumbad?«

»Haben wir nicht mehr.«

»Mist…« Sie wandte sich ihrer Mutter zu. »Was denn?«

»Wie bitte?«

»Du hast gesagt, dann gehe ich hin und tue so etwas. Was denn?«

»*Christopher Marshall!*«, rief ihre Mutter. »Du hast dich für jemand anderen ausgeben müssen, um mit ihm ausgehen zu können. Das ist einfach erbärmlich. Wo ist dein Stolz, Marisa?«

»Wie ich sehe, hat dir Rosalie keine Einzelheit erspart.«

»Sie hat mir alles gesagt.«

»Die gute, alte Rosalie!«

Sie zog ihren Bademantel an der Taille fest zusammen und verließ das Bad. »Dein Schatten liegt über mir, Ma. Du machst mich nervös.«

»Ich möchte ein paar Antworten!«

»Weißt du, was das zu bedeuten hat? Ich verstehe es jetzt besser als je zuvor. Menschen wie du machen Menschen wie ihn zu Göttern, weil er reich und weiß ist und weil er alles hat, was keiner von uns je bekommen wird! Wir wagen nicht mal, davon zu träumen. Es muss dich wirklich zum Wahnsinn treiben, dass ich der Ansicht bin, ich hätte das Recht, mit ihm auszugehen.«

»Du hast nicht das Recht dazu.«

»So siehst du das, hm?«

»Genau so sehe ich es.«

Marisa betrachtete ihre Mutter einen Augenblick lang und schüttelte dann langsam den Kopf.

»Was ist nur mit dir passiert, Ma?«

»Wie bitte?«

»Du bist eine bemerkenswerte Frau. Du hättest alles werden können, was du nur wolltest. Was hat dir eine solche Angst eingejagt, dass du geglaubt hast, du würdest weniger verdienen? Was hat dich daran gehindert, es auch nur zu versuchen?«

»Ich verbitte mir diesen Ton, Marisa! Ein wenig Respekt, wenn ich bitten darf. Nicht ich habe heute meinen Job verloren.«

Marisa kehrte ins Bad zurück und drehte das Wasser ab.

»Nein, sondern ich«, sagte sie. »Ich hab's wirklich versaut, und ich darf niemandem die Schuld dafür geben. Aber ist schon in Ordnung – hörst du? Es wird mich nicht umbringen.«

Veronica nickte. »Natürlich nicht. Morgen rufen wir Mrs. Rodriguez an. Sie schuldet mir einen Gefallen. Sie hat einen Reinigungsservice mit vielleicht zehn Mädchen, die Wohnungen in der ganzen Stadt putzen. Mit deiner Erfahrung wird sie dich mit Kusshand nehmen und keine Fragen stellen. Und, Marisa, das sind gute Jobs – du weißt, was ich sagen will? Nette Häuser. Gleich morgen früh ruf ich sie an.«

Marisa strich ihrer Mutter eine Haarsträhne aus der Stirn. »Sieh mal, Ma, ich liebe dich. Wirklich. Aber ich werde auf keinen Fall für Mrs. Rodriguez arbeiten. Ich möchte nicht die Häuser anderer Leute putzen. Damit kommt man nicht weiter. Ich möchte mich ins Hotelmanagement hocharbeiten – um irgendwann selbst ein Hotel zu leiten.«

»Aber ja, großartig. Die Leute werden sich um dich reißen! Sieh doch mal, wie gut du es im Beresford hinbekommen hast!« Sie schloss die Augen und holte tief Luft. »Hast du daraus denn nichts gelernt? Wach auf! Du trägst Verantwortung.« Sie hielt eine fast geschlossene Hand hoch. »Was habe ich hier?«

»Nichts, so weit ich sehe.«

»Stell dir eine Faust voller Geldscheine vor. Sie kommen regelmäßig wie ein Uhrwerk, jeden Monat, weißt du? Daran können nicht mal Träume von Luftschlössern was ändern. Du möchtest wieder zurück ins Ghetto? Dann träum weiter von Dingen, die nie geschehen werden, und du wirst dort landen. Willst du Essen auf dem Tisch haben, ruf Mrs. Rodriguez an!«

Einen langen Augenblick sah Marisa ihre Mutter an und sagte dann: »Ja, du hast Recht, Ma. Ich bin eine gute Putzfrau.

Mir ist noch keine einzige Staubmaus entgangen. Ich werde von vorn anfangen.«

Ihre Mutter zauste ihr das Haar und lächelte sie aufmunternd an. »Das hört sich schon viel vernünftiger an.«

»Aber nicht bei Mrs. Rodriguez«, fuhr Marisa fort. »Ich suche mir einen Job als Zimmermädchen in einem der guten Hotels in der Innenstadt. Und nach einer Weile werde ich mich für das Ausbildungsprogramm zum Manager bewerben – und wenn ich da eine weitere Chance bekomme, nun, dann werde ich sie diesmal nicht verpfuschen.«

Veronica schüttelte heftig den Kopf. Sie wollte nicht zuhören.

»Und ich werd's ins Management schaffen, Ma, das weiß ich genau. Und ich werd's ohne Angst angehen, ohne deine Stimme im Hinterkopf, die mir sagt, dass ich's nicht schaffe.« Jetzt stand sie nur Zentimeter vor ihrer Mutter. »Denn wenn ich mich jemals wieder von dieser Stimme an etwas hindern lasse, dann werde ich zu dem, wovor ich die meiste Angst habe… zu einer Gescheiterten… einer Verliererin.«

»Dafür hältst du mich also?«

Sie gab ihrer Mutter einen Kuss auf die Wange. »Raus jetzt«, sagte sie. »Ich möchte in Ruhe baden.«

Am nächsten Tag gleich früh am Morgen war Marisa, bekleidet mit weißer Bluse, grauem Rock und schwarzen Schuhen mit flachen Absätzen, bereit, sich in Manhattan auf die Stellenjagd zu machen. Stephanie hatte sie angerufen und ihr gesagt, dass es im Roosevelt-Hotel eine freie Stelle gäbe, und Lionel hatte sie angerufen, um ihr mitzuteilen, dass er ihr eine glänzende Empfehlung schreiben würde.

Sobald sie die Haustür öffnete und oben auf dem Treppenabsatz stand, schlug sie sich die Hand vor den Mund, eine

Geste, die am folgenden Morgen auf der Titelseite der *New York Post* abgebildet werden sollte. Sie wich zurück und wollte eiligst wieder ins Haus, denn unten wimmelte es von schreienden und Fragen brüllenden Reportern und Fotografen.

Ein Reporter rief: »Ms. Ventura, wie hat alles angefangen? Ist Marshall über Sie hergefallen?«

Ein Fotograf stieg die Treppe herauf.

Marisa zeigte mit dem Finger auf ihn und sagte: »Keinen Schritt näher! Das ist mein voller Ernst.«

Ein anderer Reporter rief: »Stimmt es? Der Abgeordnete hat nicht gewusst, dass Sie Zimmermädchen gewesen sind?«

»Lassen Sie mich in Ruhe«, sagte sie, und ihre Stimme wurde fester. »Ich habe nichts zu sagen. Verschwindet, alle!«

Der erste Reporter grinste, als er fragte: »Wäre es gerechtfertigt, wenn man Sie eine ›Beresford-Dreingabe‹ nennen würde?«

Sie funkelte ihn an und schwieg.

Ein junger Reporter, der kühner war als die anderen, sprang zu ihr hoch, immer zwei Stufen auf einmal nehmend, und schob ihr eine Ausgabe der *Post* in die Hände. Dann zog er sich rasch zurück. Schockiert starrte sie die Titelseite an. Sie zeigte ein Foto von ihr und Chris, zwei Streithähne in Aktion. Darüber stand die Schlagzeile ›BITTE NICHT STÖREN!‹ und darunter: *Streit zwischen Chris Marshall und Geliebter, Zimmermädchen im Beresford Hotel.*

»Marisa«, bat der junge Reporter, »könnten Sie die bitte hochhalten und uns anlächeln?«

Das Blitzlichtgewitter hielt unvermindert an.

Marisa wandte sich um und floh ins Haus zurück.

Marshall und sein Berater saßen in ihrem Büro im Kapitol in Albany vor einem Fernseher mit Großbildschirm. Es liefen die

Nachrichten von Fox, und ein Video zeigte den heftigen Wortwechsel vom Tag zuvor auf dem Bürgersteig.

»Kommen Sie, wer verarscht hier eigentlich wen?«, sagte Marisa gerade, und die Handkamera fing verwackelt, jedoch deutlich erkennbar ihren Ärger ein. »Reden wir doch mal Klartext! Meinen Sie, Sie hätten mir auch nur einen zweiten Blick gegönnt, wenn Sie gewusst hätten, dass ich das Zimmermädchen war? Ausgeschlossen – Zimmermädchen sind unsichtbar. Sie sollen unsichtbar sein. Bei allem schuldigen Respekt vor euch großherzigen Politikern – Sie hätten mir nicht mal ›Guten Tag‹ gesagt, Herr Abgeordneter!«

Und Marshall erwiderte: »Dazu hatte ich doch gar keine Gelegenheit. Woher willst du das wissen? Wer im Glashaus sitzt, soll nicht mit Steinen werfen…«

Marshall drückte einen Knopf auf der Fernbedienung, und der Bildschirm wurde schwarz. Er warf die Fernbedienung auf den Tisch und barg den Kopf in den Händen. »Herrgott noch mal, dieser Yatter, ich könnte ihn umbringen!«

Siegel schritt auf und ab. »Jetzt sei mal fair, Kumpel, und gib nicht ihm die Schuld! Er tut bloß seinen Job, und du solltest deinen tun. Nämlich dir den Arsch aufreißen, um gewählt zu werden. Du hast die Sache ganz schön vermurkst.«

»Ja. Ich hab's vermurkst.«

»Wir sollten eine Erklärung herausgeben, je früher, desto besser. Nichts unter den Teppich kehren so wie Clinton, nach dem Motto: ›Es kommt ganz darauf an, was *ich* bedeutet‹ oder was für ein Scheiß das war. Sprich frei heraus, aber bewahre Haltung. Wenn jemand die Karre aus dem Dreck ziehen kann, dann du.«

Marshall nickte.

»Was wirst du also sagen? Spuck's aus!«

»Ich soll mir was aus den Fingern saugen, Jerry?«

»Ja, was denn sonst, zum Teufel? Wir stecken bis zum Hals in der Scheiße.«

Plötzlich sprang Marshall auf und rannte zur Tür.

»Chris – *Chris,* was tust du da? Warte doch…«

Der Presseraum des Kapitols war gerammelt voll mit Fotografen und Reportern, als Marshall das Podium betrat. Er blinzelte wegen der Blitzlichter, brachte es jedoch fertig, zu lächeln und ruhig und staatsmännisch zu erscheinen. Niemand wäre auf den Gedanken gekommen, dass sein Puls mit Überschallgeschwindigkeit raste und sein Magen sich zu einem festen Knoten zusammengezogen hatte.

»Ich würde gern eine kurze Erklärung abgeben«, sagte er mit ernster, aber fester Stimme. »Und mehr werde ich zu diesem Einbruch in meine Privatsphäre nicht sagen. Ich werde keine Fragen beantworten.«

Es folgte halblautes Protestgemurmel, er aber hob lächelnd die Hand. »Das ist eine Erklärung, Leute, und nicht der Anfang eines Dialogs, klar?« Er räusperte sich, nahm einen Schluck Wasser und fuhr fort: »Ich habe Ms. Ventura und ihren Sohn zufällig während meines Aufenthalts in einem Hotel in New York City kennen gelernt. Wir sind Freunde geworden, und wir bleiben Freunde. Ich bedaure lediglich, dass Ms. Ventura deswegen Opfer einer Medienkampagne geworden ist. Ich würde mir nichts lieber wünschen, als dass ihr damit aufhört, Leute. Hier geht es lediglich um eine Freundschaft zwischen zwei Menschen, die auf gegenseitigem Respekt beruht, mehr ist da nicht dran. Ms. Ventura ist das unschuldige Opfer dieses unnötigen Wirbels geworden. Das wär's, was ich zu sagen habe. Vielen Dank.« Er wandte sich um und verließ eilig das Podium.

Auf Siegels Vorschlag hin gingen er und Marshall an diesem Abend einen trinken. Die beiden Männer verbrachten nur selten ihre Freizeit miteinander, daher herrschte zwischen ihnen zunächst eine gewisse Befangenheit. Marshall bestellte Scotch on the rocks und Siegel einen Martini.

»Du bist ein Martini-Mann, Jerry? Hab ich gar nicht gewusst.«

»Manchmal. Dann dreht es sich mir nicht ganz so rasch im Kopf.« Nach kurzem Zögern setzte er hinzu: »Du warst gut heute.«

»Danke. Das sind ja ganz neue Töne bei dir.«

»Den Stier bei den Hörnern gepackt, direkt auf den Punkt gekommen, keine faulen Ausreden. Du kannst wirklich stolz auf dich sein.«

»Hör schon auf! Da werde ich ja noch rot.«

Siegel nippte an seinem Drink und sah Marshall über den Rand des Glases an. »Du hast dich wirklich in sie verknallt…«

»Darüber möchte ich nicht sprechen.«

Siegel nickte. »Versteh ich.« Und nach einer weiteren Pause fragte er: »Du bist so weit okay?«

»Ich bin okay. Ich fühl mich gut. Was ist mit dir?«

»Ausgepumpt. Wir haben harte Zeiten hinter uns, aber du bist der kommende Mann, Chris, die rosige Aussicht. Morgen bist du Kandidat und irgendwann, mit ein bisschen Glück und viel Unterstützung meinerseits, Senator der Vereinigten Staaten. Was ist das für ein Gefühl?«

Marshall lächelte. »Ich muss immer wieder an meinen Vater denken.«

»Wir vermissen ihn alle«, meinte Siegel.

»Manchmal habe ich das Gefühl, dass die Leute mich anschauen und ihn zu sehen erwarten. Aber ich bin nicht mein Vater, Jerry. Das hielte ich nicht aus.«

Grinsend nippte Siegel an seinem Drink. »Abgeordneter, ich habe Grant Marshall gut gekannt. Ich habe mit Grant Marshall zusammengearbeitet. Grant Marshall war mein Freund. Und Sie, Sir, sind nicht Grant Marshall…« Er stieß mit seinem Glas gegen das von Marshall. »Du bist besser, Chris. Du magst ja einige hervorragende Fähigkeiten deines Vaters geerbt haben – und er besaß etliche –, aber er hatte ein so dringendes Bedürfnis, gemocht zu werden, dass er sich stets die falschen Leute ausgesucht hat und deshalb nie so richtig ein großer Mann geworden ist. Vertrau deinem Instinkt und bleib stur.«

Marshall nickte lächelnd. »Ich werd's versuchen«, sagte er.

16

Als Marisa ihre Arbeit im Roosevelt-Hotel aufnahm, wurde ihr mit einer Mischung aus Erheiterung und Widerwillen klar, dass sie eine kleine Berühmtheit geworden war. In den ersten Tagen warfen ihr die anderen Zimmermädchen beim Umkleiden immer wieder verstohlene Blicke zu und tuschelten. Eines der Mädchen brach das Eis, indem sie ihr eine zwei Wochen alte Ausgabe der *New York Post* mit ihrem Bild auf der Titelseite und einen Stift zuschob. »Bitte Autogramm?«, bat sie mit stark osteuropäischem Akzent.

Marisa schüttelte den Kopf und weigerte sich höflich.

Während die Wochen dahingingen, verblasste die Geschichte allmählich, und Marisas natürliche Freundlichkeit nahm ihre Kolleginnen allmählich für sich ein. Sie vermisste das alltägliche neckische Geplänkel mit ihren Freunden Stephanie, Keef und Clarice und tat alles, um mit ihnen in engem Kontakt zu bleiben. Sie freute sich riesig, als sie hörte, dass Keef seinen Job behalten hatte. Doch obwohl sie ihr inneres Gleichgewicht allmählich wiederfand, wollte ihr Chris Marshall einfach nicht aus dem Sinn. Er beherrschte nach wie vor ihre Gedanken und Träume. Sie verfolgte seine Karriere genau, suchte nach Sendungen über das, was er tat und ließ, und nahm sogar an einer Versammlung in einer Kirche in Harlem teil, die er abhielt. Sie saß ganz weit hinten in der Nähe des Ausgangs, da sie fürchtete, erkannt zu werden. Leicht angespannt stand er auf dem Podium und überblickte ein Publikum, das fast vollständig aus Hispanos und Schwarzen zusammengesetzt war. Er hatte eine Ansprache vorbereitet, doch als er damit anfing, warf er Jerry Siegel einen Blick zu und stopfte sich dann die Blätter in die Tasche. Einen langen Augenblick sah er ins Publikum.

»Eine Freundin von mir«, begann er langsam, »ist im Ghetto aufgewachsen. Sie hat mir gesagt, ich hätte kein Recht, über das Leben an einem Ort zu sprechen, den ich nie kennen gelernt habe. Ich glaube, das stimmt.«

Eine Schwarze fragte dröhnend: »Was haben Sie vor, Mr. Marshall? Woll'n Sie bei uns einziehen?«

Es gab Gelächter, in das Marshall ohne weiteres einstimmte.

»Vielleicht«, erwiderte er. »Vielleicht sollte ich genau das tun.«

Er wandte sich an Siegel, der verneinend den Kopf schüttelte.

»Bis dahin aber«, fuhr er fort, »wäre es mir lieb, wenn die Leute, die hier wohnen, mir sagen, was sie denken… was sie brauchen. Also gebe ich das Wort jetzt an Sie weiter.« Er breitete die Arme aus und lächelte. »Reden Sie mit mir…«

Ein Hispano erhob sich. »Sie glauben, wenn Sie ein paar Tage hier leben, dann wissen Sie Bescheid?«

»Nein«, gab Marshall zur Antwort. »Aber es ist ein Anfang.«

Langsam gingen in der Menge Hände hoch. Marshall nahm die Fragen lächelnd entgegen und stellte seinerseits Fragen. Was als Ansprache angefangen hatte, entwickelte sich zu einer lebhaften Debatte.

Marisa ging vorzeitig.

Er ist gut, dachte sie. Er lernt dazu. Und sie verspürte eine Mischung aus Stolz und Verlangen, einen Schmerz tief im Innern.

Eine Woche vor Weihnachten saß Ty am Frühstückstisch und las die *New York Times.* Marisa schenkte sich eine Tasse Kaffee ein und schaute zum kleinen Weihnachtsbaum im Wohnzimmer hinüber, dessen farbige Lichter blinkten.

Ty sah auf und meinte: »Heute ist der neunzehnte.«

»Stimmt. Noch sechs Einkaufstage.« Sie nippte an ihrem Kaffee.

»Er ist hier, Ma. Er ist wieder in der Stadt.«

»Wer? Was liest du da eigentlich?«

»Chris. Er ist in der Stadt.«

Marisa nahm die Zeitung auf, sah Chris' Bild und legte sie wieder hin. »Na und? Ziehst du dich bitte an? Du sollst nicht wieder zu spät zur Schule kommen.«

»Er gibt eine Pressekonferenz. Hast du dir den Artikel angeguckt?«

»Nein.«

»Rate mal, wo.«

»Mir egal. Zieh deinen Rollkragen an. Draußen ist's kalt.«

Ty zog die Schlafanzugjacke aus und streifte sich den Rollkragenpulli über den Kopf.

»In deinem Hotel«, sagte er. »Im Roosevelt.« Er sah sie an. »Ma?«

»Ja?«

»Hast du mir zugehört? Ich hab gesagt, in deinem Hotel.«

»Ja, ich habe zugehört.«

»Ich meine, findest du das nicht ein bisschen seltsam? Du wirst dort sein, er wird dort sein.«

»Ebenso wie tausend andere Leute. Ich dachte eigentlich, darüber hätten wir ausgiebig gesprochen.«

»Ja, ja. Aber das ist wie ein Wink des Schicksals.«

»Nein, es ist wie New York City und ein Konferenzraum, der zufällig zur Verfügung steht.«

Ty sah sie herausfordernd grinsend an. »Du hast's gewusst, nicht wahr? Du hast es mir bloß nicht sagen wollen. Du hast gewusst, dass er kommt.«

Sie streckte die Hand über den Tisch aus und hob sein Kinn an. »Schatz, denk dran, was wir besprochen haben! Er ist kein Teil unseres Lebens, aber wir wünschen ihm Glück, ja?«

Ty nickte. Er kickte die Schlafanzughose von sich weg und zog die Hose an. Dann band er sich die Schuhe zu und schaute auf. »Ma – ob er uns vermisst?«

»Was meinst du?«

»Ich glaub schon.«

Lächelnd fuhr sie ihm durchs Haar.

»Er wäre verrückt, wenn er's nicht täte«, sagte sie.

Sie kitzelte ihm die Rippen, und beide brachen in heftiges Gelächter aus.

Marshalls Pressekonferenz begann um zwölf Uhr mittags im Ballsaal auf der zweiten Etage des Roosevelt-Hotels. Chris stand vor einer Schar von Videokameras, Reportern und Fotografen. Hochrangige Sponsoren und Parteimitglieder säumten die Bühne, und als Marshall Fragen beantwortete, stand ihm Siegel zur Seite.

Ein Reporter vom *Wall Street Journal* sagte: »Im Falle Ihrer Wahl werden Sie der dritte Marshall sein, der dem Staat New York dient. Was ist das für ein Gefühl?«

»Im Falle meiner Wahl«, erwiderte er breit und schleppend, »werde ich es Sie wissen lassen.«

Diese Antwort rief Gelächter hervor; er hatte einen guten Start hingelegt.

»Hat Ihnen Ihr Vater einen Ratschlag mit auf den Weg gegeben?«, fragte ein anderer Reporter.

»Ja. Er hat gesagt, ich soll nichts überstürzen!«

Weiteres Gelächter; sogar Siegel grinste breit.

Ty schlüpfte durch die Tür und mischte sich unbemerkt unter die Presseleute.

Fünfzehn Minuten später – Marshall hatte gerade eine Frage beantwortet, bei der es um die Fahrpreise für Pendler gegangen war, ein heikles Thema für jeden New Yorker Politiker – flüsterte ihm Siegel ins Ohr: »Im Green Room gibt's einen Empfang. Ist das in Ordnung?«

Marshall nickte und wandte sich wieder der Presse zu.

»Uns bleibt noch Zeit für eine Frage.«

»Ich habe eine Frage«, sagte eine Stimme. Eine junge Stimme. Die Stimme eines Kindes.

Marshall packte das Podium fester und beugte sich vor.

»Wer ist das? Ich sehe dich nicht!«

»He, Mr. Marshall!«, rief ein Fotograf. »Hier drüben!«

Die Menge teilte sich und gab den Blick auf Ty frei.

Siegel schüttelte wütend den Kopf, doch Marshall lächelte.

»Aber sicher. Wie lautet deine Frage?«

Der ganze Raum wartete darauf, dass der Junge sprach. Der langte in die Tasche, zog eine Heftklammer hervor und hielt sie fest in der Hand.

»Ich habe mich gefragt… äh, ich habe mich gefragt…«

Er verlor anscheinend die Nerven und verdrehte die Heftklammer. Auf seiner Oberlippe zeigten sich die ersten Schweißperlen.

Marshall schaute ihn an und wartete. Siegel flüsterte ihm zu: »Nicht jetzt, Mann! Das geht doch nicht!«

»Ich höre«, sagte Marshall zu Ty. »Red weiter!«

Ty schluckte und setzte erneut an. »Nun ja… ich weiß, dass alle Fehler begehen. Und dass es ein Zeichen von Charakter ist, wenn man einer Person eine zweite Chance gibt, stimmt's?«

Marshall nickte. »Stimmt. Da bin ich ganz deiner Meinung.«

»Selbst wenn jemand gelogen hat«, fuhr Ty fort, »sollte man ihm vergeben. Ansonsten hätten wir weder Kongressabgeordnete noch Präsidenten.«

In der Zuhörerschaft wurde getuschelt, und vereinzelt ertönte Applaus. Viele der Kameras waren jetzt auf den Jungen gerichtet. Siegel trat ans Mikrofon.

»Vielen Dank, mein Junge. Aber wir müssen jetzt Schluss machen.«

»Warte, er ist noch nicht fertig«, sagte Marshall. »Red weiter!«

»Na ja… Was ist, wenn man kein Politiker ist, der für jeden das Beste will? Was ist, wenn man eine einfache Person ist… wie… wie zum Beispiel ein Zimmermädchen oder so.«

»Verdammt«, sagte Siegel, als sich unter den Presseleuten ein Gemurmel erhob. Weitere Kameraaugen richteten sich auf Ty.

»Und… und wenn sie einen Fehler begangen hat. Meinen Sie nicht, sie sollte eine zweite Chance bekommen? Ich meine, niemand ist vollkommen, oder?« Er umklammerte die Heftklammer, und seine Fingerknöchel waren weiß.

Marshall nickte. Langsam breitete sich auf seinem Gesicht ein Lächeln aus.

»Nein – niemand ist vollkommen. Da hast du Recht. Meine Damen und Herren von der Presse, sehen Sie hin! Sehen Sie gut hin – ein zukünftiger Kandidat!«

Der Raum erbebte unter Gelächter und Applaus. Siegel trat ans Podium und sagte: »Vielen Dank! Wir sehen Sie in Buffalo!«

Marshall trat vom Podium, begleitet von Siegel, der versuchte, ihn zum Green Room zu bugsieren, doch Marshall schüttelte seinen Arm ab und ging zu Ty hinüber.

»Du machst alles kaputt!«, zischte Siegel. »Das weißt du, nicht wahr?«

»Ich vertraue einfach meinem Instinkt, Jerry.«

Einen Augenblick lang starrten sie einander an, dann zuckte Siegel mit den Achseln und trat zurück.

Marshall legte Ty die Hand auf die Schulter. »Nette Ansprache«, sagte er.

»Wirklich?«

Fotografen umringten sie. Blitzlichter flammten auf.

»Die haben dir aus der Hand gefressen.«

Ty schaute auf die Heftklammer, dann auf Marshall. »Danke.«

»Keine Ursache.«

Einen weiteren Moment lang sahen sie einander an, bis Marshall fragte: »Wo ist sie?«

Die Kameras und die Reporter folgten ihnen, als der Mann und der Junge sich auf die Suche nach Marisa begaben. Siegel folgte ihnen in wenigen Schritten Abstand.

Ein Reporter meinte: »Eine solche Story hatten wir schon eine ganze Weile nicht mehr.«

»Kein Kommentar«, sagte Siegel.

»Das wird seiner Karriere den Todesstoß versetzen.«

»Bist du übergeschnappt?«, meinte ein anderer Reporter. »Allein die Stimmen der Hispanos werden ihm über den Berg helfen.«

Woraufhin Siegel strahlend sagte: »Er hat stets ein Herz für die Hispanos gehabt, wie überhaupt seine ganze Familie. Sie dürfen mich zitieren.«

Angeführt von Ty und Marshall, marschierten die Presseleute einen langen Flur entlang und betraten die Cafeteria des Hotels. Marshall entdeckte sie, als sie sich gerade an der Schlange anstellen wollte.

»Marisa?«

Sie drehte sich um und schnappte nach Luft. »Chris… Ty… Warum bist du nicht in der Schule? Was ist hier los?«

Reporter und Fotografen drängten sich heran. Blitzlichter flammten auf, Reporter schrien Fragen. Marisa wirkte völlig entsetzt, während sie Marshall mit offenem Mund ansah.

»Ich habe nichts zu verbergen«, sagte er. »Du etwa?«

Sie sahen einander in die Augen, tausend Fragen im Blick. Er nahm sie bei der Hand und führte sie außer Reichweite der neugierigen Augen und Ohren.

Siegel hob beide Hände. »Lasst ihnen etwas Luft zum Atmen, Leute! Gebt ihnen eine Minute Zeit!«

»Wie geht's dir?«, fragte Marshall.

»Geht so.« Sie rang sich ein Lächeln ab. »Das weißt du doch.«

Er nickte. »Stimmt. Ich habe mir Sorgen um dich gemacht.«

»Mir geht's gut. Ich brauche keinen… keinen Retter.«

»Ich will dich nicht retten, Marisa. Ich möchte bloß… eine zweite Begegnung. Eine zweite Chance. Du und ich, als das, was wir sind. Keine Geheimnisse. Mehr nicht.«

Ihr Gesichtsausdruck wurde milder. »Mehr nicht?«

»Ich weiß nicht. Vielleicht war's das dann, und vielleicht ist es bloß der Anfang. Aber es gibt nur eine Möglichkeit, das rauszufinden, oder?«

»Da hast du Recht.«

Sie streckte die Hand aus. »Na gut – fangen wir noch einmal von vorn an. Marisa Ventura, Zimmermädchen.«

»Chris Marshall, Kandidat für den Senat. Ich wüsste es zu schätzen, wenn Sie mir Ihre Stimme geben würden.«

Einen langen Augenblick sah sie ihn an, während sie einander die Hände schüttelten.

»Wir werden sehen«, meinte sie.

Dann fielen sie einander in die Arme. Lange, lange Zeit blieben sie so stehen. Und Ty sah ihnen zu.

»Ja«, sagte er und drückte die Heftklammer. »Ja! Ja! Ja!«